JN241721

維新のこころ

孝明天皇と志士たちの歌

多久善郎［編］

世界最高水準にあった幕末期日本人の「質」の高さ

今年は明治維新百五十年の年に当る。慶応四年（一八六八）九月八日（新暦では十月二十三日）に明治に改元され、明治元年となった。それから数えて今年は明治百五十年となる。ＮＨＫ大河ドラマも西郷隆盛を扱い、巷には明治維新関係の書籍が溢れている。更には、これまで扱われる事が少なかった分野の研究書も多数発刊されている。その様な中で、幕末の孝明天皇や志士達の遺した和歌に絞った歌集『維新のこころ』を編集・発刊したのには理由がある。

歴史は人間が織りなす事業であるから、人間の熱い情や深い思いを抜きには語る事は出来ない。幕末維新史は当時を生きた私達の祖先達の「深い願い」と「揺るがぬ信念」と「行動の勇気」が創造していったものに他ならない。その意味で、当時の日本人の「質」の高さが偉業を成し遂げたのである。幕末維新期の国民的な課題は、西欧列強のアジア侵略と云う世界史の激動に対して、如何に日本の統一を強化して独立を守り抜くか、だった。その国家の統一と独立への熱い願いが「尊皇攘夷」という言葉に集約され、人々を行動へと駆り立て、遂に国家の脱皮、徳川幕府を中心とする封建国家から、明治天皇を中心とする近代統一国家へと体制を変革し、欧米列強と対峙出来る姿へと変容を遂げたのである。ペリー来航から王政復古までは僅かに十五年しか掛かっていない。当時の人々の危機感の強さと行動力の凄まじさとに驚くばかりである。幕末期の志と見識を有した人々の質の高さは世界最高水準にあったと言えよう。

翻って今日、平成という時代が終わらんとする時を迎えた日本人の「質」は如何なるものなのだろうか。戦争に敗れ米国の占領と支配によって日本らしさを否定されて戦後日本は始まった。それでも、昭和六十年位までは戦前の教育を受けた日本人が社会の中心には居て、高い倫理観が日本人を蔽っていた。だが、平成になると、大企業を始め社会の至る所で倫理崩壊現象が顕在化し、昭和四十五年に三島由紀夫氏が「日本はなくなつて、その代はりに、無機的な、からつぽな、ニュートラルな、中間色の、富裕な、抜目がない、或る経済大国が極東の一角に残るのであらう。」(「私の中の二十五年」)と予言した醜い日本の姿が現出して来た。このまま日本は亡びるのか。いや、決して日本を亡ぼさせてはならない。その祈りが、幕末維新期の精神を再び世に知らしめたいとの願いとなった。

明治維新を為し遂げた人々は、自らの思いを記した数多くの和歌を遺して亡くなって行った。和歌は大和言葉による自己の胸中表白の文学である。彼等の多くは和歌を詠むという高い教養を身につけていた。万葉集以来和歌は「しきしまの道」として多くの国民に愛好されると共に、皇室にあっては歴代天皇が実践され、数多くの和歌を詠んで来られた。平成の今でも、一月には宮中歌会始が行われ、同じ題で天皇皇后両陛下を始めとする皇族の方々と共に多くの国民が歌を詠み宮中に寄せている。

明治維新を深く理解するには、その中心に居られた孝明天皇を始め維新変革を推進した人々の胸中に迫る事が不可欠であり、それらの人々が残した厖大な和歌を読み味わう事は明治維新の本質を理解し、日本人とは何かを探る大きな営為に他ならない。と同時に、維新変革期の日本人の「質」と今日の日本人の「質」の相違を探り、現代に生きる我々が日本人本来の姿を取り戻して行く確かな指針を持つ事に繋がると思う。

○

明治の先人達は、幕末激動期に志半ばで倒れた同志達の慰霊顕彰に力を注ぎ、明治二年六月二十九日に明治天皇の深い思召しにより東京招魂社（後に「靖国神社」に改称）を創建して英霊をお祀りした。それと同時に、英霊の顕彰の為に殉難者の名簿の整理、遺文・遺歌・遺詩の編纂に着手している。維新に殉じた人々は高い「志」を「詩歌」に表現して遺していた者も多く、それらは同志の手によって直ぐに集められ纏められて行った。その中でも有名なのは『歎涕和歌集』（初編～四編）と『殉難全集』（殉難前草・殉難後草・殉難遺草・殉難続草・殉難拾遺）であり、共に慶応四年（明治元年）から翌明治二年にかけて刊行されている。更に明治政府は内務省から各府県に通達して、嘉永六年のペリー来航から慶応三年の大政奉還までに非命に倒れた志士達の履歴の編纂を開始し、更に宮内省へとその事業が移り、明治二十六年に初めて活版として配布、更に編を重ねて明治四十二年十二月に完了した。採録の人員は二千四百八十余人に達し、名付けて『修補　殉難録稿』(全五十五巻＋附録）という。その中にも多数の詩歌が紹介されている。更にはその後、個人で優れた文章や詩歌を遺した人々の全集や歌集も編纂されて行く。

大正十年五月には『勤王文庫第五編詩歌集』が刊行されるが、国民が幕末激動期の志士達の歌を思い起す様になって行くのは、支那事変・大東亜戦争という国難に臨み国民精神に緊張感が漂う時代だった。私の手元にあるだけでも、川田順『幕末愛国歌』(昭和十四年五月)、『幕末勤皇歌人集』(昭和十五年九月)、藤田徳太郎『志士詩歌集』(昭和十七年十二月)、湯本喜作『幕末歌人伝』(昭和十八年三月)、浅野晃・竹下数馬『尊皇歌人撰集・勤皇烈士篇』(昭和十八年四月)、岩波文庫版『歎涕和歌集』(昭和十八年十二月)が出版されている。

戦後は、明治維新百年（昭和四十三年）に合せて、当時の六十年安保闘争や七十年安保闘争等を領導した共産主義イデオロギーに対して、本来の日本人の心を取り戻す立場から幕末志士の歌が取り上げられて行った。その代表的なものは、不二歌道会『和歌・漢詩明治維新百人一首』（昭和四十一年五月）、小田村寅二郎『日本思想の系譜　文献資料集（中巻・その二）』（昭和四十三年十月）、田中卓『維新の歌　幕末尊王志士の絶唱』（昭和四十九年五月）であった。平成になってからは、新学社・近代浪漫派文庫①『維新草莽詩文集』が出され十九人の志士の詩文と歎涕和歌集が掲載されている。

○

この度、明治維新百五十年記念出版として『維新のこころ　孝明天皇と志士たちの歌』を編纂するに当って、次の点をその特徴とした。

一、志士達が仰ぎ、維新の発火点ともいうべき御存在は、当時の「国民統合の象徴」たる孝明天皇であった。それ故、孝明天皇が時代に如何に向き合われ、如何なる大御心を抱かれていたかを知る事なしには維新史は語れない。そこで、第一章として孝明天皇御製を取り上げた。

二、第二章としては、幕末維新に活躍した数多くの人物の中から、当時もそれ以降も志士でありかつ歌人としてもその力量を評価された八人の人物を選んで、それぞれ百首程度の和歌を紹介した。それは、一人一人の志士の生き方に迫る事で、彼や彼女達が抱いていた人生観に深く迫って貰いたいと思うからである。

三、第三章では、ペリー来航から戊辰戦争まで、歴史に登場した様々な人物の和歌を紹介した。それらの和歌を通じて、明治維新という国家的な事業を為し遂げた人々を偲ぶ中で日本人とは何かを感じ取って貰いたいからである。選歌の基礎となったのは先程紹介した『修補　殉難録稿』『歎涕和歌集』『殉難全集』の三冊である。それに他の歌集や遺稿集なども参照して作成した。

四、明治維新は日本国内での争いとなった為に流血は最低限度に抑えられ、例え幕府側に居た者でも、維新成就後は新政府に登用されたりしている。幕末期に最後まで幕府への義に生きた者達も、同じ日本人として尊皇精神には変わりなかった。それ故、幕府の為に尽力した人物や義に殉じた人々が残した和歌も最後に収録した。

次に、それぞれの章についての解説を記したい。

●第一章　孝明天皇御製

孝明天皇御製については、従来『列聖全集』などで千二百四十五首が紹介されていたが、平成二年十月に桓武天皇と孝明天皇とを御祭神として祀っている平安神宮から『孝明天皇御製集』が刊行され、八千二百五十首が紹介された。孝明天皇は幼い頃より、父上の仁孝天皇から和歌の手ほどきを受けられ生涯で膨大な数の和歌を詠まれている。それは、孝明天皇のお子様である明治天皇がやはり幼い頃から孝明天皇の手ほどきで和歌に親しまれ、生涯十万首に近い歌を詠まれて「歌聖」と呼ばれた事を思い起こさせる。当時の詠歌は題詠が主な為に、春夏秋冬の様々な題について次々と歌を生み出されている様は見事という他に形容の仕様が無い。日本の美そのものを体現されていた。嘉永七年四月六日に内裏（皇居）が火災の為に炎上して、天皇は内裏の外に避難されたが、その時に天皇は「歌書古帖」を懐中に入れておられた。内裏ではそれを除いて全ての書籍が失われたという。天皇は「歌書古帖」を肌身離さず持たれて、和歌の創作に励まれていたのである。

その天皇が践祚されたのが弘化三年（一八四六）二月十三日、御年十六歳の時である。天皇は以後二十年間、幕末激動の中で、日本国民統合の中心として国家の独立と国民の平安とを祈り続けられた。既に十八世紀末より外国船が我が国周辺に現われ、鎖国政策を続けていた我が国には対応が求められていた。孝明天皇践祚の年には米国のビッドルが浦賀に来航、更には嘉永六年にペリーが来航して黒船（武力）を背景に我が国に開国を迫った。かかる事態に対し幕府は挙国一致を求めるべく京都の朝廷に外交政策への承認を求めた。その様な中で孝明天皇は、外国の圧力に屈する形でなし崩し的に開国を推し進める幕府の強引な態度を深く憤られ、日米修好通商条約締結を勅許されなかった。その御意思と幕府の専横に対する怒りと悲しみを込めて詠まれた御製の数々は、側近の公卿や奉納された寺社を通じて口伝で志士達に伝わって行った。吉田松陰や佐久良東雄、平野国臣等の和歌に御製を拝した悲しみと幕府への憤りの歌を拝する事が出来る。天皇は、あくまでも御三家を始め諸大名が一致結束して国難に対応する事を求められた。その天皇の御姿勢に幕府専横の体制では我が国の進路は切り拓けないとする、大名や志士達が京都に集まり始め、京都が政治の中心地として大きな位置を占める様になる。だが、天皇は幕府を否定する様な急激な変革は望まれず、あくまでも幕府を立てて征夷大将軍が攘夷の中心となって我が国の独立を保持する事を求められた。国家分裂を回避しつつ独立を守り抜く、それが天皇の大御心だった。

我が国の将来の姿を巡って国論が大きく分裂する中で、天皇は国安かれ、民安かれと、宮中を始めとする国家守護の神々に「法楽歌」を奉納して祈りを深められて行った。天皇にとって和歌を詠む事は祈りを捧げる事と同じであった。御製に「よきを思ひあしきを直(なおす)と天がした万の民に我は恋けり」とあるが、国家国民が正しくある様に祈り続けられる日々であった。特に文久三年から元治元年にかけて天皇は、「此花祈集」と題して、五百日の間、日に三度聖廟に和歌を手向けて懇祈されている。自らの誠心で天地の神を動かさんとの並々ならぬ大御心を拝する事が出来る。この章では、『孝明天皇御製集』を中心として『歴代天皇の御歌』掲載の御製も併せて、天皇の深い御祈りを拝する事が出来る和歌を百三十五首紹介する。これらを拝すれば徳富蘇峰が「維新の大業を立派に完成した其力は、薩摩でもない、長州でもない、其他の大名でもない。又当時の志士でもない。畏多くも明治天皇の父君にあらせられる、孝明天皇である。」(「孝明天皇和歌御會記及御年譜」の序」)と記した事が実感されて来る。

尚、孝明天皇の後を継がれた明治天皇が孝明天皇の事をお偲びになられた御製も十九首附録として紹介した。

●第二章「代表的な志士歌人の歌」

ここでは代表的な志士歌人として、吉田松陰・佐久良東雄・有馬新七・伴林光平・平野国臣・野村望東尼・橘曙覧・三条実美の八名を選んだ。戦前に出された川田順『幕末愛国歌』では、吉田松陰・佐久良東雄・是枝柳右衛門・伴林光平・平野国臣・佐久間象山・久坂玄瑞・真木保臣・野村望東尼・三條西季知・岩倉具視・三条実美の十二名が選ばれ、浅野晃・竹下数馬『尊皇歌人撰集　勤皇烈士篇』では高山彦九郎・佐久良東雄・佐久間象山・伴林光平・有馬新七・平野国臣・野村望東尼・吉田松陰・久坂玄瑞の九名が選ばれている。戦後の田中卓『維新の歌』では梅田雲濱・吉田松陰・佐久良東雄・有馬正義(新七)・伴林光平・

平野国臣・真木和泉守・高杉東行・野村望東尼・橘曙覧の十人が選ばれている。これら全てに選ばれている吉田松陰・佐久良東雄・伴林光平・平野国臣・野村望東尼の五人については当然取り上げた。その上で、薩摩を代表する有馬新七、後世に正岡子規が絶賛した橘曙覧、三井甲之や夜久正雄が絶賛した三条実美を選んだ。選に漏れた人物の和歌については第三章で少し多めに取り上げている。

これらの八人の方々の和歌は実にすばらしく、吾々が和歌を創作するに当っても範とすべき姿とリズムを表している。ただ、それぞれの人物の個性がある為に受け止める側の個性によって、その秀逸は違ってくるであろう。私は、吉田松陰の歌によって和歌とは誠心の表白である事を知って和歌に親しみ始め、学生時代は平野国臣の歌を愛唱した。更には、佐久良東雄歌集との出会いによって、東雄の歌に強く惹かれる様になった。今回、八人それぞれの和歌を選ぶに当っては、私が吉田松陰・佐久良東雄・有馬新七・平野国臣・三条実美の五人を担当し、伴林光平・野村望東尼・橘曙覧については、日本協議会の同志三人に助力をお願いした。三人とも長年に亘って和歌に親しみ自らも和歌創作に励んでいる方々である。私一人で八人総ての和歌を選べば私の個性による偏りが出る事を恐れた為である。

吉田松陰は膨大な量の文章を遺している。詩歌では漢詩の方が圧倒的に多く、吉田松陰全集に掲載されている短歌は百二十二首しか無い。だが、下田踏海失敗後の詠草「かくすればかくなるものと知りながらやむにやまれぬ大和魂」は今尚志ある人々に引用され愛唱され続けている。又、処刑前に父母に送った「親思ふこころにまさる親ごころけふの音づれ何ときくらん」は親子の深い情愛を歌い上げた絶唱である。数は少ないが、松陰の誠心が永遠の絶唱を生み出して居る。漢詩を数多く残した松陰だが、亡くなる年の安政六年正月には毎日漢詩と共に和歌を詠んでいる。更には、江戸へ護送される時にも和歌集「涙松集」を、漢詩集「縛吾集」と共に詠んでいる。遺書となった「留魂録」には七首の和歌が記されて魂を留めている。死期が迫った時に、松陰は無意識に和歌の世界に回帰しているのである。ここでは、『吉田松陰全集』に基いて、時系列で松陰の詠草の全てを掲載した。

佐久良東雄は常陸国（茨城県）に生れ、幼い時に僧籍に入るがそこで国学を修め、万葉法師と称される師匠から勤皇思想を開眼させられた。憂国の余り、還俗して国事に尽す事を誓った。その時に名乗った名前が「佐久良」＝〈桜〉、「東雄」＝〈東国生れの益良雄〉だった。その後に江戸に出て、更には天皇様を慕う気持を押さえ切れずに京都へと登り、遂には大坂の坐摩（いかすり）神社の神官として志士達と交わる。当時の歌人番付の上位にも入る程歌人としても力量は認められていた。だが東雄は「人丸や赤人の如いはるとも詠歌者の名はとらじとぞおもふ」と詠み、あくまでも志士として生き抜いた。東雄の歌はその全てに尊皇精神が溢れ出る格調の高い歌となっている。私の手元には昭和十二年、十八年、そして平成二年に刊行された『佐久良東雄歌集』を置いている。その中から、私自身が人生の指針としている百三首を紹介する。

有馬新七は薩摩藩の尊皇攘夷派のリーダーの一人である。西郷隆盛より三歳年上であり、西郷と共に安政期の幕府の専横に対抗すべく尽力した。大老の井伊直弼が朝廷の反対を無視して締結した日米修好通商条約に対し、朝廷は密勅を水戸藩に下して状況を打破しようと考え、更には水戸・薩摩・長州・土佐・越前等の尊攘派の志士達の間では井伊大老の権力を覆すべく行動が模索されて行く。安政の大獄という極めて緊張感の漂う中で、有馬新七は、密勅降下にも関与した。更には江戸から京都に登って江戸の情勢を薩摩藩と縁の深い左大臣の近衛忠煕に伝え、天皇の叡覧も得て、内勅と三条右大臣の御書を越前・土佐・宇和島・阿波の四侯に達する様に近衛公の指示を受けて江戸に下った。無事にその役を果たした後、水戸藩の同志と井伊打倒の計画を練り、再び京都に登った。だが、幕府の警戒は厳重を極め新七には幕府の探索方の尾行がついて容易には京都に入れない。それを何とか振り切って伏見に潜伏して時を待った。この間の江戸・京都往復の日記が『都日記』であり、その中で新七は多くの和歌を詠み記している。死の危険が迫る緊張の中、新七は歩きながら多くの長歌を詠んでいる。これらの長歌や短歌は新七の古典への素養が並大抵では無かった事を物語っている。ここでは『都日記』を中心に八十一首を紹介する。

伴林光平も佐久良東雄と同様に若い時は僧侶として学問に励み国学や和歌を深めかつ周りに教示している。四十三歳の時に教恩寺住職を出奔して尊攘運動に身を投じた。その時に壁に記したのが「本是神州清潔民」という日本人としての深い自覚の言葉だった。光平は古典の素養に基づく格調の高い和歌を詠み続け、当時の歌人番付の上位に位置付けられている。出奔後は大和の地に住んで志士達と交わりを深めた。京都の尊攘運動が盛り上がりを見せた文久三年夏に、天誅組の大和義挙に駆けつけたが、志空しくこの義挙は失敗した。その時の戦いの様子を『南山踏雲録』に記し、多くの和歌を詠んでいる。捕われて奈良の獄に入れられた時には獄吏も光平の門人が多く、彼等の為に国学を講じた。京都の獄には生野の義挙で敗れた平野国臣も居り、光平と国臣とで和歌のやり取りをしている。獄中では万葉集や国学の講義を行っている。数多くの歌論を始め多くの文章を著しており八百三十四頁に及ぶ『伴林光平全集』が昭和十九年に刊行されている。学者としても超一流の光平だが、最後は行動家として蹶起し、其の高い志を歌に遺した。光平の詠歌の選択については大学の史学科を出て今日も日本史の探求を続けている井坂信義氏にお願いした。ここでは九十八首と息子の歌一首を紹介する。

平野国臣は福岡藩の志士である。福岡藩は藩内抗争が激しく中央情勢が変わると藩内力学が変化して尊攘派の志士達を投獄したり処刑したりしている。国臣は福岡藩に見切りをつけて脱藩し、自由な立場で国の将来を考え文章に著して行った。日本を変えるには雄藩である薩摩藩を動かすしかないと思い薩摩の西郷や大久保と親交を結び薩摩に三度足を運んで島津久光公に「尊攘英断録」を呈した。しかし、薩摩藩は立ち上がらず、その事を悲しんで詠んだ歌「我胸のもゆる思にくらぶれば煙はうすし桜島山」は有名である。後に国臣は福岡の獄や京都の獄に投獄されるが、国臣の胸から湧き起る詩情は已む事無く、獄中では筆墨を許されなかった為に、紙の「こより」で文字を表して数多くの和歌や文章を記している。人間はギリギリの所でも文芸的表現を求めるという文化人としての凄まじい生き方を実践して亡くなった。ここでは、時系列に国臣の和歌を百六首紹介する。特にこより文字で記されている福岡獄中での和歌は是非味わってほしい。

野村望東尼は、福岡で生まれ、幼い頃から和歌を学んだ。二十七歳の頃から夫と共に大隈言道の門下に入った。安政六年に夫が亡くなり剃髪受戒した。文久元年に京都に登り、それを契機に志士達を支援する様になる。福岡へ戻った望東尼は平尾山荘に勤皇の士を度々かくまったり、密会の場所を提供したりする。九州に逃れた高杉晋作を匿い、後には病で倒れた高杉の介護もした。この第二章で取り上げている平野国臣や三条実美との交流も深く、お互いに和歌のやり取りもしている。望東尼には数多くの著作と詠歌がある。望東尼の選歌については、長年に亘って望東尼の和歌に親しんで来られた大島啓子氏に、女性としての観点から、細やかな情の溢れた詠歌を百二首選んで戴いた。ともすれば、憂国の志士の和歌には烈しい表白の歌が多いが、彼等を支えた憂国の女流歌人の詠歌を学ぶ中で、当時の人々の暖かくかつ真摯な交流の世界を学び取って戴きたい。

橘曙覧は越前福井の国学者である。清貧の生活に甘んじて国学や和歌を教示した。明治三十一年に短歌革新に立ち上がった正岡子規は、翌年春に「曙覧の歌」を発表して、その歌が「誠」心を本とする万葉集の流れを汲む歌であると絶賛した。曙覧は極貧の中で生活していたが、越前藩主松平春嶽公は曙覧の家を訪れて教えを受け「かたちはかく貧しくみゆれど、その心のみやびこそいとしたはしけれ」と記している。曙覧は日常生活の様々な事を題材として歌に詠んだ。有名な「楽しみは」で始まる独楽吟五十二首はその代表的なものである。その一方で時代を憂えて「国汚す奴あらばと太刀抜きて仇にもあらぬ壁に物いふ」の様な激しい思いを歌に詠じている。大東亜戦争時に人間魚雷回天の開発に携わった黒木博司海軍少佐が自らの信條としていたのは、曙覧が門人の出征に対して贈った「大皇の醜の御楯といふ物は如此る物ぞと進め真前に」の歌だった。曙覧本人は維新を生み出す為の直接行動に携わった訳ではないが、曙覧の精神は正に当時の尊皇攘夷に尽力した志士達の精神だった。曙覧の歌は日常詠から愛国詠まで実に多岐に亘っている。「維新のこころ」とは日常生活をも貫く、名利に捉われず、正を守り義を守り、俯仰天地に愧じない「大丈夫」の生き方から生れている事を曙覧の歌から学んで欲しい。曙覧の歌の撰は、(一社)富士宮研修センターで私と共に大学生の研修や和歌の指導に当っている佐瀬竜哉氏にお願いして、百四首を選んで戴いた。

三条実美は、学問の素養も深く常識的な公卿だったが、父の遺志を受け継ぎ、文久期の尊皇攘夷運動の高揚の下、朝廷の中で幕府に対する朝権回復の急先鋒に立つ様になって行く。だが、過激な幕府批判は公武合体を是とされる孝明天皇の大御心にそぐわず、文久三年八月十八日の政変となって、他の公卿と共に長州への「七卿落ち」の悲劇と成る。長州で、更には太宰府での五年間に亘る鄙路の生活は三条公にとって人間をより一層大きくさせるものであった。その間の詠草は歌集『梨のかたえ』下巻に纏められている。そこに拝する三条公の詠歌には伝統的な雅と共に、公の真直ぐで暖かい真心が籠っており、追放されても決して恨む事無く皇室の繁栄と国家の隆昌とを祈る願いの中で、いつか呼び戻される時が来るとの信が底流を流れている。平安時代に太宰府に流された菅原道真公を髣髴とさせる様な詠歌である。ここでは百二十首を掲載した。

●第三章「後世に伝えたい維新の歌」

第一部「維新に尽した人々の歌」

ここでは、幕末維新史を彩る様々な人物の和歌を出来るだけ多く紹介する事を目的に、時系列で出来事や事件を記し、それに関連する人物の和歌を一首〜五首程度掲載した。但し、第二章に取り上げなかった人物で優れた和歌を遺している人物については若干多く掲載している。人間は一度死んでもその記憶を留めている人々が居る限りはその魂は生き続ける。だが、後世の人々が記憶を放擲した時には、その者は再び死んで永遠に甦らなくなる。家々の祖先祭祀然り、国の為に生命を捧げられた方々を祀る靖国神社・護国神社然りである。それ故、明治政府は幕末維新期に非命に倒れた同志達の祭祀に併せて伝記・遺文の顕彰に力を注いだのである。その事を鑑みて、この章では和歌を遺した先人達を一人でも多くその魂を甦らせて、後世の人々に伝える事を主眼に編纂を行った。

先ずは、大学院で歴史研究をしていた経験のある群馬在住の金谷美保氏に頼んで『志士詩文集』『明治維新百人一首』『新輯日本思想の系譜』『維新の歌』『尊皇歌人撰集　勤王烈士篇』『歎涕和歌集』の中から第二章に掲載した人物を除いた人々の中で是非とも掲載すべき和歌を六十七首選んで戴いた。それを元に私の方で本格的な選歌作業に入った。先ずは『歎涕和歌集』『殉難全集』からの選歌を行い、並行して『修補　殉難録稿』の中に和歌が記されている人物を選び出して行った。それらを合わせて時代割を作り、人物と詠歌とを打ち込んで行った。中心になったのは『修補　殉難録稿』の分類であり、それを元に時代を二十五に区分けした。その上で、改めて時代を振り返って欠落している人物は居ないかを勘案し、居ればその人物の和歌は残って居ないかを蔵書や図書館等で探索した。一、二紹介すると、横井小楠は多数の漢詩を遺しているが和歌は今まで見た事が無かったが、今回書簡の中で一首だけ見つけ出す事が出来た。大久保利通の和歌は紹介される事が少ないが、『大久保利通文書』第九巻に「甲東詩歌集」が掲載されており、『大久保利通日記』にも同様に出てくる。この様にしてこの章は益々膨らんで行った。更には、最近出版された幕末維新期の歌集(一人一首で解説を記す形式が多い)にも目を通し、人物の漏れをチェックした。又、大島啓子氏に維新に関連する女性の方々の歌に付ても提示戴いた。この様にして出来上がった歌の総数は五百九十三首に達した。

『修補　殉難録稿』はペリー来航から大政奉還までに非命に倒れた志士達の伝記と遺文・詩歌を集めて出来ているので、歴史的な事件で討死した者以上に捕われて処刑された者、藩内抗争で死に処せられた人々の歌が多数掲載されている。それらの歌の多くは獄中で詠まれ、辞世の歌も多い。選歌するに当たっては、志を表白した歌、家族への思いの溢れている歌、友を思う歌、獄中にあっても風流の心を以て詠んだ歌など、今日の吾々が共感出来る内容の歌を特に注目して選んだ。又、維新史はともすれば男性の活躍だけで表現されやすいが、素晴らしい大丈夫を生み出した背景には母親や妻の厳しくも暖かい情の世界がある。その意味で、殉難した男性を支えた女性の和歌も出来るだけ掲載する様にした。「孝子の家に忠臣は生れる」と言われる様に、幕末に国事に奔走した志士達を育んだ家族の愛情は決して忘れてはならない。この章では、人物の名前の下に出身地と歿年齢（慶応四年迄に亡くなった人・但し河上彦斎だけ例外）とを可能な限り表記した。年齢は数え年齢とし、書籍によって食い違うのは最終的には『明治維新人名辞典』（日本歴史学会編）に準拠した。歿年齢を表記したのは、志士達が如何に若くして亡くなったかを実感して貰いたいと思ったからである。尚、『修補　殉難録稿』は王政復古までの殉難者を扱っているので、慶応四年（明治元年）から明治二年の戊辰戦争や函館戦争での戦死者に関する史料は掲載されて居ない。それ故、戊辰戦争の項では官軍の参謀で和歌を能くした山県有朋や太田垣蓮月尼の歌などを、別の文献に当って紹介した。

これらの中で紹介した和歌の内、私が学生時代に覚え今でも諳んじている二首の和歌がある。それは水戸藩の蓮田藤蔵の「むさしののあなたこなたに道はあれど我が行くみちはますら男のみち」と、長州藩の来島又兵衛の「議論より実を行へなまけ武士国の大事を余所に見る馬鹿」である。この二首は今尚私の怠惰な心を鞭打つ言霊となっている。数多くの詠歌の中から自らを鼓舞し導く詠歌を是非見出して戴きたい。

第二部「幕府への義に尽した人々の歌」

尊皇攘夷の考えに於ては、幕府に忠節を尽した人々も異論は無かった。だが、欧米列強の圧倒的な力を前に、政権を担当する幕府側の人々は避戦を第一としてその圧力に屈する形での開国路線を取らざるを得なくなり、その姿勢が朝廷や雄藩から非難され、遂には政権を返上するに至ったのである。その中にあって幕府の舵取りを行った人々、幕府の命で京都守護職を引き受けた会津藩の松平容保公、その下に置かれた新選組、京都所司代になった桑名藩の松平定敬公等は、京都の政局で尊攘派と激突する矢面に立つ事となった。更には、戊辰戦争から函館戦争まで、旧幕府側の人々の抵抗の戦いは続いた。その間、多くの悲劇が生じた。幕府への義を尽した人々の和歌については佐瀬竜哉氏に担当して戴いた。巷間に知られている有名な和歌に加えて、岩瀬忠震の和歌を四首、更には会津藩主・松平容保の和歌を『会津会報』十六号（会津会）と『会津若松市史研究　第四号』（会津若松市）を元に十八首を紹介した。容保公は数多くの和歌を遺されている。容保公に対しては孝明天皇も絶大の信頼を置かれ、御宸翰と御製（第一章掲載）を下されている。第二部で紹介した歌は六十七首しか無く、今後の収集が待たれる。尚、安政の大獄の首謀者である大老の井伊直弼も和歌の素養があり、多くの詠歌を残しているが、吉田松陰を始め多くの有為なる人物を死に追いやったゆえにあえて掲載しなかった。

維新のこころ　孝明天皇と志士たちの歌　【目次】

【表記について】

『維新のこころ』は現代の青年学生にも親しんで貰う為に、表記上次の工夫をしている。

・和歌及び詞書については、各出典に準拠し、仮名についてはそのままの表記・歴史的仮名使いで記したが、漢字については正漢字（旧漢字）を常用漢字に改めた。

・和歌の中には濁点を付けずに記されているものが多いが、現代人に読める様に当方で判断して濁点をつけて記している。

・ルビについては、現代仮名遣いで記した。
また、五・七・五・七・七の形式及び大和言葉を考慮して編者の方で記したが、別の読み方もできる字もあるので、厳密にこの読みでなければならないというものではない。

・年齢については、当時使われていた数え年で記した。

・註釈については、語釈を中心とし、必要な場合のみ背景説明を記した。

第一章

孝明天皇御製

孝明天皇（京都府　泉涌寺蔵）

孝明天皇〔天保二年（一八三一）～慶応二年（一八六七）〕

天保二年（一八三一）仁孝天皇の第四皇子として誕生。熙宮と命名。天保六年に親王宣下され統仁親王となり、十一年に皇太子。弘化三年（一八四六）一月の仁孝天皇崩御に伴い二月に十六歳で践祚され第百二十一代天皇となられた。その年に朝廷は幕府へ海防強化及び対外情勢の報告を命じ、幕府は異国船の来航状況を報告した。嘉永六年（一八五三）のペリー来航に際し天皇は七社七寺に四海静謐の祈願を命じられた。翌年には日米和親条約締結、更には内裏が炎上、地震も多発した為、元号を安政に改元、安政は「庶人政を安んじて、然る後、君子位に安んず」（群書治要）に基づく。安政五年（一八五八）幕府は日米修好通商条約の勅許を求めるが、天皇は外圧に屈する形での条約締結を許されず、幕府が違勅調印するや譲位の御意向を示された。この天皇の御嘆きが全国に伝わり尊攘派の志士達を奮い立たせた。桜田門外の変で井伊大老が斃れ、幕府は公武合体による権威回復の為、皇女和宮の将軍家茂への降嫁を求めた。天皇は将軍による攘夷の確約を条件に勅許された。爾来、朝幕関係が逆転、文久三年（一八六三）には将軍家茂が上洛、天皇は将軍を率いて賀茂神社に、更には石清水八幡宮に攘夷祈願の為に行幸。天皇は将軍を信頼し、公武合体を支持されたが、攘夷を先延ばしする幕府の態度は、尊攘派公卿や浪士達の不信を生み討幕を画策。孝明天皇は深く悩まれ、その意を体した中川宮と会津・薩摩藩によって八月十八日に政変が起り、長州と尊攘派公卿は京都から追放された。翌年冤罪を訴えて禁門の変が勃発、幕府は天皇の勅許を得て長州征討を発令、長州が謝罪して解兵が行われる。しかし、その後も長州処分と兵庫開港を巡って幕府と薩摩を中心とする雄藩が対立、公武合体を願われる天皇は孤立して行く。慶応二年（一八六六）の第二次長州征討では幕府軍が敗北、将軍家茂は大坂城で急逝した。更に、その五か月後の十二月二十五日に天皇は天然痘の為に崩御された。宝算三十七歳だった。明治三十九年に『孝明天皇紀』全五巻が纏められている。掲載の御製は『孝明天皇御製集』と『歴代天皇の御歌』とに拠る。尚、天皇の雅号「此花」が歌集名に使われている。

【嘉永年間】

嘉永六年（一八五三年）ペリー黒船来航

祝（元年七月）

神代より教のまゝのあとゝめてさかへ久しき敷島の道

万民祝（二年十二月）

千世しめて神のまもりの国なれば万の民もさぞ仰らむ

述懐（五年二月）

をろかにも年は積りて人なみに仕業をよばぬ身をなげくらむ

社頭雪（六年十一月廿一日）

国民のやすきを祈る神垣にうけてぞなびく雪の白ゆふ

廿二日　冬夜（七年三月廿二日・鴨社法楽）

烏羽玉のよすがら冬の寒きにもつれて思ふは国民のこと

柳（七月十一日・神宮法楽）

打（うち）なびく柳のいとのすなほ成（なる）姿にならへ人の心は

同年の御製とて子爵六角博通所蔵の叢書の中にみえたる

あさゆふに民やすかれとおもふ身のこゝろにかゝる異国（ことくに）の船

嘉永七年卯月六日午の時、おもはずも築地内より火移り、内裏（だいり）も火
及ぶゆえ、止むを得ず、急（いそぎ）のがれ出（いず）ルとて

立（たち）いづる行衛（ゆくえ）いづくとしらねどもただ古さとをあとに見すてゝ

其より、余程輿をあゆませ、今はあぶなげなしと聞ても、剣璽も輿の
中これ無く、内侍所（ないしどころ）もいかにともしられざれば、あんじわづらひつゝ

身ひとつをのがれいでてもこの国の三（み）つのたからの行衛（ゆくえ）いかにと

皇位の御印である三種の神器（八咫鏡（やたのかがみ）・八尺瓊勾玉（やさかにのまがたま）・天叢雲剣（あめのむらくものつるぎ）〔草薙剣〕）の鏡は内侍所（賢所）に祀ってあり、剣と勾玉（剣璽）は常に天皇と共にある。その事を心配されているのである。

鴨の社一之鳥居辺にて、橋本中将馳付、剣璽（けんじ）持参、輿（こし）の中に入る、
余りの嬉しさに

あら嬉し国のたからのつゝがなくともに乗（のり）つる今のよろこび

とくとは分明ならず乍、堂上、女房、各無恙（つつがなき）よし聞きつゝ

誰もかもつゝがなきこそうれしけれよろづの品にかへむ命（いのち）は

賢所も拝殿に御座すと聞て、見上げつゝ

かしこしなかしこどころのみあらかもこゝにまします心たしかに

この場合の賢所（かしこどころ）は御鏡のこと。「みあらか」は御殿を云う。

常々は遥拝なれども、けふおもはずも、此御社に至りぬれば、いつ
よりも心たのもしくおもひつゝ

国民（くにたみ）のやすけきことをけふこゝにむかひて祈る神の御前（みまえ）に

異船（ことふね）の治（おさま）ることをさらにいまふかくも頼む鴨の御社（みやしろ）

菓子さかななど日々是も同様に、あなたこなたよりもらひぬれば、
同じ火にあひし人々の事をおもひ遣りつゝ、

我よりも民のまづしきともがらに恵(めぐみ)ありたくおもふのみかは

【安政二年正月廿五日　右大臣忠凞公江賜懐紙詠写】

左者、極内々薩州国主江伝送、炎上後、数々有献物故也、

寄国祝

武士(もののふ)も心あはして秋つすの国は動かず共に治めん

当時の薩州（薩摩藩）国主は、島津斉彬(しまづなりあきら)。「秋つす」は「秋津州」で「やまと」にかかる枕詞。この場合の「秋つすの国」とは日本国を言ふ。

【安政二年】

述懐依人（五月廿八日）

ふかき淵薄き氷のいましめに日々に我身(わがみ)をかへりみつゝも

「詩経」に「戦戦兢兢（戦々恐々）、深淵に臨むが如く、薄氷を履むが如し」とある。深

い淵をのぞきこむ時の様に、薄い氷の上を歩く時の様に、こわごわと慎重に行動する事。

天が下静なれとぞおもふにも我為ならじ人の世の為

寄日祝（十月四日）

何事も世は末ながら神代より久に正しき天つ日の影

社頭祝言（十一月十五日・石清水社法楽）

千世万うごきなき世と宮柱たてゝ行ゑを祈る神がき

七月米国総領事ハリスが下田着任

【安政三年】

述　懐（四月十四日）

国安く民のかま戸の賑ひを見聞ん事ぞ我思ひなれ

いたづらにながらの橋のながらへて憂も愚の名を流すみは

述懐（五月十日）

愚なる我身も共に人並に交るもはづかし敷島の道

天地の神の恵に任せつゝ猶安き世に逢が楽しさ

【『此花集詠千首　安政三年七月廿一日〜十一月七日』より】

風

憂事を払ひ尽して世の中を吹おさめける四方の神かぜ

弓

弓袋おさむはよしや武士は又よの為に引もならはめ

あづさ弓まこと心に曳時ぞ巌にさへもたつと聞成

鏡

朝ごとにむかふ鏡の姿より心の誠うつす可(べき)かな

述　懐

位山(くらいやま)たかきに登る身なれ共たゞ名計(ばかり)ぞ歎尽(なげきつき)せじ

述懐非一

草も木も鳥獣(とりけだもの)も己(おの)が時たがへぬみても身こそ歎(なげ)かれ

寄民祝

朝な夕な民のかまどに立(たつ)煙絶(たえ)ずにぎはふ世は万代(よろずよ)も

【安政四年】

迎春祝代（二月廿四日）

四方(よも)の民ゆたか成(なる)てふ御代(みよ)ぞとも我(わが)よに聞(きか)む春にあひつゝ

聖なる御代を学びに我よにも治る春と四方にむかへん

【『此花詠集　安政四年八月~安政六年』より】

安政五年三月二十四日、朝廷は幕府からの日米修好通商条約調印への勅許を拒否、衆議を尽くすべき事を返答。同年四月、彦根藩主・井伊直弼が大老に就任。六月十九日、幕府が日米修好通商条約に違勅調印。十月、第十四代将軍に徳川家茂（十三歳）が就任。

寄弓祝言（安政四年十月八日）

弓取て引もひかぬも武士はおさまる世々の為ならぬかや

詠、昇平年久、自然文弱にも可相成時勢、仍太平ニ不忘乱者、即治世之基と云意也、

述　懐（十一月八日）

万ごとなすにつけても愚成みはいやましに悔の八千度

寄民祝

楽しきは民のかまどにたつ烟なびくに附て賑ふるこゝ

寄山神祇（安政五年五月十五日・石清水社法楽）

八幡山（やはたやま）神もこゝにぞ跡たれてわが国民（くにたみ）を守るかしこさ

天（あめ）がした祈る心は八（や）はた山さか行（ゆく）みねもおもひ越（こえ）なん

夏草深（五月廿二日・賀茂社法楽）

様々に茂る草はゝさもあらばあれたゞしき道はなどか迷はん

瑞籬（六月廿一日・内侍所法楽）

一筋（ひとすじ）にいのる心はみづがきの神も久しく国守りませ

述懐（七月十一日・神宮法楽）

すましえぬ我身（わがみ）は水にしづむとも猶（なお）にごさじな万（よろず）くに民

神慮（かみごころ）いかにあらんと位（くらい）やまおろか成（なる）身の居（おる）もくるしき

安政五年六月十九日、幕府は朝廷の御意向を無視して日米修好通商条約に調印（違勅調印）。更には反対派に対する大弾圧を開始（安政の大獄）。

菊花盛久（八月七日・去月廿四日分・鴨社法楽）

世の姿朽（くち）ぬためしを花の上にみせて久しき秋のしら菊

秋夕傷心（八月七日・賀茂社法楽）

身をくだく思ひ有世（あるよ）は袖の露もいつよりまさる秋の夕ぐれ

秋　風（八月廿四日・去十九日分・鴨社法楽）

いたづらに草木計（ばかり）か世のなかの障（さわ）りを払（はら）へあき風の声

向爐火（十一月廿一日・内侍所法楽）

異国（ことくに）の憂（うき）わづらひも埋火（うずみび）にうづもれて世に安くむかへめ

世のうさは何によりてか忘るらん冬は埋火（うずみび）にしのぎゐつゝも

冬神祇（十二月廿一日・内侍所法楽）

降雪（ふる）はよし深くとも神かけていのる心はうづもるゝべき

寄書述懐（十二月廿一日・去拾月分・内侍所法楽）

天地（あめつち）の開（ひら）けし文（ふみ）を見（みる）に猶（なお）心くだくること国の事

瑞籬（安政六年三月十五日・石清水社法楽）

隔（へだて）なく神守ります瑞（みず）がきや願ふ心の濁りなければ

祈恋（六月十五日・石清水社法楽）

我命（わがいのち）あらん限りはいのらめやつゐには神のしるしをもみん

寄風述懐（七月廿七日・去廿一日分・内侍所法楽）

異国（ことくに）もなづめる人も残りなくはらひつくさん神風もがな

「なづめる人」とは、優柔不断で決断の出来ない人

冬　日（十一月二十日・鴨社法楽）

あるは時雨（しぐれ）或（ある）は雪げに曇りてももとの日影（ひかげ）はいつもかはらじ

【「此花集　万延元年」より】

万延元年三月三日、水戸と薩摩藩士による井伊大老暗殺（桜田門外の変）
十月天皇、条約の破棄又は攘夷実行を条件に皇女和宮の将軍家茂への降嫁を勅許（公武合体）。

述　懐（六月廿五日・聖廟法楽）

身はおろか愚成（おろかなる）身（み）の願（ねがい）にもよをおもふ事はおはらざり鳬（けり）

及びなき身の敷島（しきしま）を学ぶにぞ天（あめ）みつ神よめぐみかけ給へ

【「此花詠集　文久元年」より】

述　懐（二月廿四日）

位山（くらいやま）たかねの松の名はしめど落葉だにすらひろい得ぬかな

雑　恋（五月廿一日・内侍所法楽）

よきを思ひあしきを直（なおす）と天（あめ）がした万（よろず）の民に我は恋けり

朝述懐（十一月十四日・去月廿一日分・内侍所法楽）

ねがはくば朝な朝なの言（こと）のはをあはれと受（うけ）よ神ならば神

【文久元年】

六月二日長門藩主・毛利慶親の臣・長井雅楽を以て慶親へたまひたる

国の風ふきおこしてもあまつ日をもとの光にかへすをぞ待つ

文久はじめの年季冬、物部（もののふ）の忠魂盤石をもつらぬく利剣をよせる事、時世にあたり、実に憂患をはらふ志と、たのもしく思ひつゝよめる

世を思ふ心のたちとしられけりさやくもりなきものゝふの魂（たま）

十二月薩摩藩主・島津茂久その族島津久光、藩臣をして京に至らしめ、権大納言・近衛忠房等に由て御剣を奉り、建議して密に朝旨を請ふ。天皇其の志を嘉（よみ）して宸筆（しんぴつ）の御製を賜ふ

【「此花詠集　文久二年〜元治元年」より】

述懐多（文久二年六月廿一日・内侍所法楽）

嬉しさの思ひは猶もまされかしまさるまじきは世の憂事（うきごと）よ

夕立過（六月十五日・石清水社法楽）

過（すぎ）て行此（いくこの）夕立の空みれば心の雲も只時の間（ま）か

風に払（はら）ひ雨に洗へば夕立もやがて晴行（はれゆく）時は来に梟（けり）

寄弓恋（七月廿一日・内侍所法楽）

異人（ことびと）の退（しりぞ）かん世は武士（もののふ）の弓の力のつよくこがるれ

神　楽（八月廿三日・鴨社法楽）

心をばこめてうたへよ神楽人（かぐらびと）かゝりける世を知（しる）もしらぬも

天下(あめがした)おもひ祈るは榊ばのかをかぐはしみ神よ受(うけ)給へ

雑　声（閏八月廿二日・十一日分・神宮法楽）

吹風(ふくかぜ)は夷(えびす)を払(はら)ひ河波(かわなみ)は塵(ちり)をながせる声ぞ正しき

或(ある)は神楽(かぐら)又祝詞(のり(ご)と)のひまなくも声々いのる天(あめ)がしたかな

寄風述懐（九月十一日・春日社法楽）

異人(ことびと)とともども払(はら)へ神かぜや正しからずと我忌(わがいむ)ものを

浦千鳥（九月十七日・春日社法楽）

浦つたふ千鳥につれて世々の為誠正しき人を得まほし

寄思草恋（九月十八日・賀茂社法楽）

国民のたゞ安らけく恋(こい)ねがふ心の草ぞ茂りあひぬる

述　懐（九月廿一日・内侍所法楽）

兎に角に容易からざる世の中をいかにはかりていかに治めん

神ならば我心をもしろしめしひたすら願ふ事を受ませ

寄氷述懐（十一月十一日・神宮法楽）

天地にみつる寒さの厚氷あつくも思ひつくす願ひよ

誓　恋（文久三年三月二日・上旬分・神宮法楽）

一筋にちかふ心はかはらじなさまざまかはる世にし有とも

なみなみの恋にはあらじ我恋の心の誓ひ神なびきませ

春人事（三月五日・鴨社法楽）

此春は花鶯も捨にけりわがなす業ぞ国民のこと

攘夷祈願の為三月十一日に賀茂社行幸、四月十一日に石清水社行幸

寄船恋（三月廿一日・神宮法楽）

思ふ道にあはでや果（はて）ん異船（ことふね）を風吹（ふき）はらひ波にしづめつ

薄　氷（三月廿三日・内侍所法楽）

をろか成（なる）心は寒し薄ごほりあやうき已（のみ）に世をわたる身や

剣（三月廿七日・賀茂社法楽）

草薙（くさなぎ）のその御剣（みつるぎ）の例（ため）しにもたちまち払ふ異国（ことくに）の船

寄弓述懐（四月九日・鴨社法楽）

梓弓真弓（あずさゆみまゆみ）つき弓年をへず治まれる世に引かへさ南（なむ）

か丶る我（わが）思ひをしらば武士（もののふ）よ心つよくも弓よ引（ひき）てむ

寄矢述懐（四月九日・賀茂社法楽）

矢筋（やすじ）をも強く放たん時ぞきぬむべあやまたじ武士（もののふ）の道

武士の心つよくもはなつ矢は雨と降（ふり）かゝれ異人（ことびと）の上（え）に

四月二十日、上洛中の将軍家茂、攘夷実行期限を五月十日とする旨を天皇に奏上

社頭祝世（四月十六日・神宮法楽）

異人（ことびと）の患（うれ）ひを払ひ世中（よのなか）の縺（もつれ）なくとぞいのる神がき

雨中郭公（五月十一日・神宮法楽）

五月雨（さみだれ）の晴（はれ）ぬ思ひをほとゝぎすわれも心にかけて鳴（なく）かな

速（五月廿八日・鴨社法楽）

神かけてかくも祈らば異船（ことふね）をはらへ尽すはむべもすみやか

清（五月廿八日・賀茂社法楽）

賀茂川の清き流を汲（くむ）からは人のこゝろもむべならへかし

急　雨（六月十日・鴨社法楽）

異人やわが忌人（いむひと）は夕立のかく速（すみやか）に過（すぎ）て行（ゆけ）かし

述　懐（六月廿五日・聖廟法楽）

いつの日かおもひをとぐる世とならんたゞ憂事（うきごと）のこゝろつくして

経年恋（八月十日・春日社法楽）

雲霧のへだて計（ばかり）に年ふりぬはるゝ思ひの時をゐまほし

秋　風（八月十一日・神宮法楽）

秋風の音につけても問（とい）たきはこと国船を吹（ふき）もかへせよ

書（十月廿三日・春日社法楽）

日々々々の書（ふみ）につけても国民（くにたみ）のやすき文字こそ見まくほしけれ

竹雪深（十一月十六日・内侍所法楽）

国の事ふかく思へといましめの雪のつもるか園の呉竹（くれたけ）

水鳥多（十二月七日・石清水社法楽）

むらがりて何を語るぞ我思（わが）ひひとしくおもへ池の水鳥

【文久三年十月九日】

たやすからざる世に武士の忠誠のこゝろをよろこびてよめる（十月九日守護職・松平容保に宸筆の御製を賜ふ）

和（やわ）らぐもたけき心も相生（あいおい）のまつの落葉のあらず栄えむ

武士（もののふ）とこゝろあはしていはほをもつらぬきてまし世々のおもひで

京都守護職松平容保は会津藩主。八月十八日政変は会津藩と薩摩藩の武力を背景に断行された。

【元治元年】

述　懐（九月十日・春日社法楽）

様々に泣み笑み語りあふも国をおもひつ民おもふ為

弘前侍従より名だかき正宗の刀みごとにつくりなし送りこすとてよめる（元治元年四月弘前藩主津軽承烈より名刀を献ず）

いく世にもめでなぐさまむ名もたかき玉の刀に玉のつくりは

仙台の中将よりくらおきの馬おくりこすとて（十一月二十二日、仙台藩主・伊達慶邦、鞍馬三匹を貢す）

みちのくの国のつかさの心あればみつぐもみつのいさぎよき駒

【「此花祈集　文久三年二月二日～元治元年七月廿二日」より】

天皇はこの五百日の間、毎日毎日祈願の和歌を詠み、聖廟に捧げて一日三回祈りを捧げられた。その間の歌が「此花祈集」として纏められている。その中から二十七首を紹介する。時勢に対する天皇の並々ならぬ深い憂いが感じられる。

梅靡風（文久三年二月廿五日）

日々々の詞（ことば）に神よなびきませかぜに柳のその姿とも

独述懐

前の世の報（むくい）なるかやかくも実（げに）おもひわづらふ事の有身（あるみ）は

祈　恋（四月十七日）

ひたすらに思ひのほどにめぐみあれとこがれこがれて祈りもぞすれ

契　恋（四月十八日）

君臣（きみおみ）と契（ちぎ）るかひ無（なき）人ごゝろわがおもふ方（かた）に早くなびけよ

久　恋（四月廿一日）

百日（ももひ）をも誓ひいのれり其上（そのうえ）に久しくならすめぐみ受（うけ）なん

増　恋（四月廿三日）

けふ明日といのる日数(ひかず)のふるまゝにおもひは猶も身にまさりつれ

嶺　雲（四月廿七日）

我(わが)おもひ八重九重(やえここのえ)にかゝる雲はるゝ高ねのあらはれよかし

秋夕雨（七月五日）

しくしくと我(わが)思ひにも似たる哉(かな)雨打(うち)そゝぐ秋の夕ぐれ

山皆落葉（七月十八日）

憂(うき)おもひむべかくもやと四方(よも)の山きぎの紅葉(もみじ)の散(ちり)つくすぞも

寄海恋（八月九日）

和田海(わだつみ)の底ゐはしらぬ人ごころとに角身をばくだく計(ばかり)や

寄虎恋（八月十五日）

虎の如くたけりて我を助けかしうきに日をふる身のおもひぞも

寄猿恋（八月十六日）

月を望む猿にあらねどいく日をもこゝろ一つにこがることの葉

八月十八日政変前の天皇の御苦悩の程を拝する。

寄弓恋（八月廿一日）

いつか我思ふ方にぞ引もよらんあら木のま弓かくもあら南

河水流清（八月廿二日）

河波はさしも澄つゝながれけりこの世中ぞかくもあら南

独述懐（八月三十日）

二百にやがて成ぬれとに角にひとりわが身のおもひせかるれ

祈願の詠歌が、翌九月一日で二百日となる。

歎　恋（文久四年（元治元年）二月廿五日）

とに角になくより外の事あらじ恋こがれても思ひならねば

述　懐（同日）

三百余り（みもも）かくも祈るれ神のめぐみはやくも身にぞ思ひ仰がむ

寄風恋（二月廿七日）

憂（うき）をちらしよきを誘（さそ）へよ天地（あめつち）のなかにかよへる恋のはるかぜ

寄海恋（三月二日）

我心（わが）さはれる物は四方（よも）の海ちひろの底にしづみてん物を

寄石恋（三月七日）

さざれ石も巌となれる例（ためし）あればわが恋（こい）いのる事もなれかし

寄虫恋（三月十八日）

見えぬほどの虫さへ心有物を人の思ひよいのりとげなん

寄社頭祝（四月十日）

天がした国民の事を本としてよろこび已といのりいのりつ

尋　恋（六月廿六日）

恋々て我おもひをばたすけつるひとの有やとたづね暮しつ

祈　恋（六月廿七日）

仲々に我力には及ばじとこゝろつくしに祈る神がき

顕　恋（七月三日）

よしやよし千々に一つもあらはるとかねて願ひつ神たすけませ

絶　恋（七月七日）

玉の緒の絶なば絶ね深き思ひながらふからは通さざらめや

祝　言（八月一日）

松の葉やはまの真砂はつくるともつきぬいのりにちかふ 喜

奥　書

此一冊者、此花抛一身之望願有之、五百日ヶ間、奉向于聖廟、日三度懇祈、法楽歌記也、尤予独祈、秘々、可禁他見者也、

従文久三年五月二日

至元治元年七月廿二日

「此の一冊は、此花（孝明天皇の御雅号）一身の望願之れ有り、五百日か間、聖廟に向ひ奉り、日に三度懇ろに祈る法楽歌記なり、尤も予独り祈る、秘々、他見を禁ず可き者也。」

【「宇佐宮奉納巻物詠記」（元治元年五月二十一日）】

述懐

天（あめ）がした人と云（いう）人心あはせよろづの事におもふどちなれ

「どち」は仲間の意

神祇

奉（たてまつ）るその幣（みてぐら）を受（うけ）まして国民（くにたみ）やすく猶守りてよ

【元治二年・慶応元年】

心在山花（二月十六日・内侍所法楽）

願くはこゝろ静（しずか）に山のはの花みてくらす春としもがな

独述懐（九月十一日・神宮法楽）

人しらずわが身ひとつに思ひつくす心の雲のはるゝをぞまつ

【慶応二年】

秋　鳥（七月十五日・石清水社法楽）

よきことを告げもきたれよ天つ雁都のあきのちぎりたがへず

月照滝（七月二十一日・内侍所法楽）

もつれなき滝の糸すぢあらはしていはねに月の照まさるかな

【御詠年月、未詳の御製】

戈とりてまもれ宮人こゝのへのみはしのさくら風そよぐなり

あぢきなやまたあぢきなや芦原のたのむかひなき武蔵野の原

附録　「孝明天皇の御代を思い起こされる明治天皇御製」

をりにふれたる（明治三十六年）

小車（おぐるま）のとまる方（かた）にてききにけりみおやの宮のむかしがたりも

思往時（明治三十七年）

たらちねのみおやの御代（みよ）につかへにし人も大かたなくなりにけり

たらちねのみおやの御代のむかしをもことあるごとにかたりいでつつ

老　人（明治三十七年）

老人（おいびと）が昔がたりにうれしきはみおやのことをきくにぞありける

故　郷（明治三十七年）

ふるさとの庭の老松（おいまつ）たらちねのみおやのみよのむかしかたらへ

橘（明治三十七年）

たらちねのみおやの御代をしのぶかな花橘のかげをふみつつ

をりにふれたる（明治三十七年）

あらたまる事の始にたちまししみおやの御代を思ひやるかな

月（明治三十八年）

たらちねのみおやの宮にをさなくて見しよこひしき月のかげかな

思往時（明治三十九年）

たらちねのみおやのみよの物語きく人まれになりにけるかな

親（明治四十年）

たらちねのみおやの教あらたまの年ふるままに身にぞしみける

往　時（明治四十年）

たらちねのみおやの御代はしら雲の四十年（よそじ）のよそになりにけるかな

たらちねのみおやの御代をおもふ夜（よ）はをさなごころにかへりけるかな

往　時（明治四十一年）

たらちねのみおやのみよのいにしへにかはらぬものはのきの松風

しる人もまれになりけりたらちねのみおやのみよにありし世のさま

往　時（明治四十二年）

とほざかるここちこそせねたらちねのみおやの御代をおもひかへせば

親　（明治四十三年）

おもはずもそでぬらしけりたらちねのみおやの御代のものがたりして

夢（明治四十四年）

たらちねの親のみまへにありとみし夢のをしくも覚めにけるかな

思往時（明治四十五年）

たらちねのみおやの御代のよがたりにはからずも夜をふかしけるかな

身（明治四十五年）

こころからそこなふことのなくもがな親のかたみとおもふこの身を

孝明天皇のお子様である明治天皇は、生涯十万余首もの和歌を創作して遺されている。何故それが可能だったのか、小田村寅二郎・小柳陽太郎共編『歴代天皇の御歌』に次の事が紹介されている。「明治天皇は、実はその御幼時に孝明天皇から和歌創作の手ほどきをお受けになり、親しく御添削を受けられながら成長なされたのである。（略）すなはち、明治天皇が御年七、八歳の頃、父帝・孝明天皇に御機嫌伺ひに参上されるごとに、父君から和歌の習作が課せられ、親王が詠進なさるのを待ってはじめて御父・孝明天皇は御子・親王にお菓子をお与へなさったことが、「明治天皇紀」に見えてゐる。」又、「孝明天皇は、祭祀の御席にも幼い御子をお連れになってをられたことが天皇紀に記されて」ある事も紹介されている。慶応二年十二月二十五日に孝明天皇が御年三十六歳で崩御された時、明治天皇は十五歳であった。明治二年に御所を東京に移された後も明治天皇は京都の事を生涯思い続けられた。

第二章

代表的な志士歌人の歌

吉田松陰の歌

よしだしょういん

吉田松陰（松浦松洞／画）山口県文書館蔵

吉田松陰　〔文政十三年（一八三〇年）〜安政六年（一八五九年）〕

文政十三年（一八三〇年）長州藩士・杉百合之助の次男として生れる。通称は寅次郎。諱は矩方。字は義卿、号は松陰・二十一回猛士等。六歳で叔父吉田大助の家を相続した。吉田家は長州藩に於ける山鹿流兵学師範の家で、松陰は家学として山鹿流兵学を学び、その事が幕末激動期に如何にして日本を外敵から守るか、その為に自らは何を為すべきかとの激しい求道心を持たせた。二十一歳の時に九州遊学、二十二歳で江戸に行き肥後藩の宮部鼎蔵と意気投合して、ロシア船の出没する津軽海峡視察を一つの目的に東北遊学を断行。水戸を訪れて水戸学の影響を受ける。その後一旦萩に連れ戻されるが藩の許可を得て嘉永六年（一八五三）五月に再び江戸に到着。その直後にペリーの黒船が浦賀に来航、現地に駆け付けてその脅威をまざまざと実感する。佐久間象山に師事して洋式砲術を研究。海外渡航の志を定め、安政元年（一八五四）三月二十七日、下田沖に停泊する米艦に金子重輔と共に漕ぎ付けて航海を懇請するが拒否される。鎖国の禁を犯した事により、萩に送り返され野山獄に繋がれる。祖国の将来を憂うる熱誠は獄中の人々にも感化を与えた。安政二年末に自宅幽囚となる。松陰を慕って学問教授を願う青少年が集まり出し、安政四年十一月に松陰主宰の松下村塾が開かれる。安政五年幕府が朝廷の勅許を得ずに日米修好通商条約を締結するに至り、水戸や薩摩等が抗議を激化させ、松陰は勤皇の志の篤い長州も蹶起すべきと訴えるが藩は動かず松陰は再び獄に繋がれる。安政六年五月幕府の命で萩から江戸へ護送され、十月二十七日に江戸伝馬町で処刑される。享年三十歳。明治二十二年正四位を贈られる。戦前・戦後と山口県教育会編纂の『吉田松陰全集』が刊行されている。掲載の和歌は昭和四十八年に大和書房から出版された全集に拠る。

【嘉永六年・松陰二十四歳】

十二月三日・在大坂「兄杉梅太郎宛」

亜墨奴が欧羅を約し来るとも備のあらば何か恐れん

「亜墨奴」はアメリカ、「欧羅」はヨーロッパの事

備とは艦と礮との謂ならず吾が敷島の大和魂

【安政元年・松陰二十五歳】

下田にて読み侍りし（「回顧録」）

世の人はよしあしごともいはばいへ賤が誠は神ぞ知るらん

四月十九日・在江戸獄「白井小助宛」では「世の人はよしあし事もいはばいへ賤が心は神ぞ知るらん」と記されている。

十二月八日・在野山獄「兄杉梅太郎と往復」

下田獄中の歌

世の人はよしあし事も云はばいへ賤が誠は神ぞ知るらん

下田より囚人となり江戸へ送られし時、泉岳寺の前を過ぎ、義士に手向け侍る

かくすればかくなるものと知りながら已むに已まれぬ大和魂

泉岳寺には元禄十五年に主君の仇を討った大石内蔵助を始めとする赤穂義士の墓がある。

五月二十一日・在江戸獄「宮部鼎蔵宛」

とくかへりたけき教を弘めて給へ広き大和に誰かあるらん

すめかみのみことかしこみ身の上はなりゆくままにまかせこそすれ

八月十四日・在江戸獄「小倉健作宛」では「すめかみのみことかしこみしづがみはなりゆくままにまかせこそすれ」と記されている。

瓶花を惜しみて（七月十日・在江戸獄「土屋蕭海宛」）

秋風に手折りし園の草花をつぼみながらに散るぞ悲しき

一度はさかせて見たき蓮花手折りし人のあだ心かな

八月二日・在江戸獄「小倉健作宛」

起きふしに故郷おもふ吾がこころ文みる人は知るや知らずや

中秋名月（九月二日・在江戸獄「小倉健作宛」）

ふらばふれよもののきばは雨しづく月見ぬをりにすむ身なりせば

「誰か謂ふ、情書すべしと、言を尽すは尺牘に非ず」といふ事をよみて、筑紫の友人に遣はし侍る（「松陰詩稿」）

ものおもひ筑紫の道のいとながきみじかきふみにいかでつきなむ

又一転語を下して曰ふ

ものおもひつきずばつきそつきずともおもふこころはしる人ぞ知る

王東従母の国什への返しの心にて（十一月二十七日・在野山獄「兄杉梅太郎宛」）

いましめの人屋のとざしかたくとも夢のかよひぢ如何でとどめん

「王東」は、親戚大藤の戯称。「従母」は母方のおば。「国什」は和歌の事。「人屋」は牢屋の事。

十二月三日・在野山獄「妹千代宛」

頼もしや誠の心かよふらん文みぬ先きに君を思ひて

右のしたためたるは、そもじ（あなた）を思ひ候よりふでをとりぬるが、其のよ（夜）、そもじの文の到来せしは定めて誠の心の文より先きに参りたるにやと、いとたのもしくぞんじ候まま、かくよみたり。

阿妹千世より息万へ歌よみて給へと申し遣はしければ

たらちねのたまふその名はあだならず千世(ちよ)万世(よろずよ)へとめよ其の名を

十二月十八日・在野山獄「叔父玉木文之進宛」

八潮路を輙(たやす)く亙(わた)るもろこしの海の城てふなくてやまめや

「松陰詩稿」の「玉叔に寄す」では、「八汐路(やしおじ)を輙(たやす)くわたるもろこしの海の城てふなくてやまめや」と記されている。

十二月二十四日

大藤従母餅を恵まるるを謝す（「松陰詩稿」）

まどかにと祝ひ初めにし鏡餅君が心を照らしてぞみる

十二月二十四日・在野山獄「兄杉梅太郎宛」

文うつす硯の氷解けにけり梅なき家も春は立ちぬる

大ぞらの恵はいとど遍ねけり人屋の窓も照らす日の影

「松陰詩稿」の「家大兄に答ふ」では「大ぞらの恵はいとど遍ねけり人屋の窓も照らす朝の日」「文うつす研の冰解けにけり梅なき家も春は立ちぬる」と記されている。

【安政二年・松陰二十六歳】

立春後の作、家兄に寄す（「松陰詩稿」）

旭さす軒端の雪も消えにけりわが故郷の梅やさくらん

「冤魂慰草」（金子重輔追悼集）

入相（いりあい）にむかしを偲ぶ寒さかな折りて手向（たむ）くる早咲の梅

「入相」は日暮れに寺でつく鐘

正月十日・岡田以伯の東行を送る（「松陰詩稿」）

浦山（うらやま）し心の侭（まま）に踏み行かん春の東の山の霞を

正月十一日・彦介の元服を祝す（「松陰詩稿」）

今日よりぞ幼心（おさなごころ）を打ち捨てて人と成りにし道を踏めかし

彦介は、叔父玉木文之進の嗣子

「獄中雑詠稿」

紅の梅やまことの神ごころ擁護（まもり）を仰ぐ暖き日の晴

世話任（まか）す今年は聟（むこ）を貰ひ得て独り手にくむ楽しみの酒

冷（つめた）しき風は下弦となればにや渡りそめにし雁のひとむれ

常盤なる松の緑の色添へて尚ほ幾千代の万代やへむ

時を得て発（ひら）くや梅の二つ三つ色片へなる神の庭面

「賞月雅草」より

仲秋無月といふことをよめる

ゆくりなき雲の立まひかくろひて今宵（こよい）の月を見でや止む哉

仲　秋

明月のはれ着と芋も薄絹（うすぎぬ）を着ては座敷へ打ちころびけり

治まれる世にも鎧（よろい）の威（おど）しかへ三味の指南と書きし下（さ）ゲ札（ふだ）

秋「獄中俳諧「短歌行」」より

太平の恵のとどく有難さなげしにかけし弦（つる）なしの弓

遠からぬ春の気(け)しきを待兼ねて暁告ぐる庭鳥の声

告げ亙(わた)るかけの八声(やこえ)に久堅(ひさかた)の天(あま)の戸あけて春は来にけり

「かけ」は鶏の古名

武士(もののふ)の心勇ます轡虫(くつわむし)いづくを見ても秋の淋しさ

四方山(よもやま)に友よぶ鳥も花に酔ひ蝶と連れ行く春の野遊

「詩文拾遺」より

高須未亡人に数々のいさをしをものがたりし跡にて

清らかな夏木のかげにやすろへど人ぞいふらん花に迷ふと

未亡人の贈られし発句の脇とて

懸香(かけごう)のかをはらひたき我れもかなとはれてはぢる軒の風蘭(ふうらん)

「懸香」は絹袋入りの香料。悪臭を防ぐため懐中したりする。

同じく

一筋に風の中行く螢かなほのかに薫(かお)る池の荷(はす)の葉

【安政四年・松陰二十八歳】

八月　月の絵の賛

疑へば弦と晦とは惑ふらん月は年中円(まる)くてござる

丁巳仲秋、松洞をして月を写さしめ、無逸の東行するに贈る。

【安政五年・松陰二十九歳】

晦日、投獄紀事の稿成る。（安政五年十二月三十日）（「戊午幽室文稿」より）

歳月は齢(よわい)と共に頽(すた)るれど頽れぬものは大和魂

【安政六年・松陰三十歳】

【「己未文稿」より】

元旦

若芽刈る磯の蜑人(あまびと)事問はん異なる国の春や如何にと
九重(ここのえ)の悩む御心(みこころ)思ほへば手にとる屠蘇(とそ)も呑(の)み得ざるなり
事しあらば君の都に詣(もう)づべし今朝(けさ)聴くかけに声劣らめや

一月二日

花や鳥今を盛りの春の野に遊ばで猶(な)ほもいつか待つべき

一月三日

唐国(からぐに)に宮仕へする臣達は君のなき世も薇(わらび)とるかも

伯夷・叔斉は、主君を討った周の武王を諌めたが聞き入れられず、周の粟を食(は)む事を恥じ、西山に隠れ薇を食べて終に餓死した。

古き書読めば種々思ふなりかからん時に吾れ生ればや

一月四日

岩間なる梢の雪は融けぬなり心して吹け春の山風

一月五日

小夜深けて共に語らん友もなし窓に薫れる月の梅が香

一月六日

心なき春の寒さの烈しきに柳の色も萌え出ざるなり

一月七日

いましめの人屋は今日も人ぞ来ぬ猶ほ人の日と人やいふらん

「人日」は五節句の一つ、陰暦正月七日の節句。正月七日・在野山獄「兄杉梅太郎宛」には「人日のうたとて」との詞書でこの歌が記されている。

一月八日

人問はぬ人屋も春は問ひにけり窓の日影に梅の香ぞする

一月十日

かしこくも千世(ちよ)に芽出たき大君に賎(しず)が摘(つ)み得(え)し芹(せり)捧げばや

『呂氏春秋』に「野人芹を美しとし、之を至尊に献ぜんことを願ふ」と出ているのを踏まえた歌。

大江なる川の御裔(みすえ)はいと長し君が浮舟載せてこそ行け

松陰が仕えている毛利の殿様は大江家の末裔に当る。

色かへぬ松にひとしき人なれば末頼もしき恋もこそすれ

先日擬明史列伝清人汪鈍翁の著一読仕り候。明人などの激烈豪壮、実に至感に堪へ申さず、中々近時因循の習とは霄壌（しょうじょう）にて、大和武士も古ならばかくはある間布きものをと嘆慨の余（一月十三日「叔父玉木文之進宛」）

古き書読めば種々思ふなりかからん時に吾れ生ればや

一月十三日

鶯も問ひ来（こ）ぬ里の梅の雪積みてこそ知れ花の操を

大丈夫（ますらお）の死ぬべき時に死にもせで猶ほ蒼天（そうてん）に何と答へん

正月十五日の「久保清太郎宛」書簡には「大丈夫の死ぬべき時に死にもせで猶ほ蒼天に何と対へん」とある。

春風に嶺の白雪吹き消せど心に積もる憂（うさ）は消えめや

一月十五日

世の人は吾れを目くらと云はばいへ海亙（わた）り来るへびすにおぢず

「へびす」は夷（外国人）の事

一月二十六日

思ふかな又思ふかな心ある人の心を吾が心もて

二月十四日　大原源三位公　下執事
謹んで鄙衷（ひちゅう）を書し源公下執事に奉呈す　国風一章

君こそは神の御心慰めて栄（はえ）なる名をも世々に伝へん

屈　原（二月十五日以前・在野山獄「高杉晋作宛」）

すなどりのささやくきけば思ふなり沢辺（さわべ）に迷ふ人の心を

「すなどり」は「漁」と書く。ここでは漁夫の事。国を憂えて汨羅の淵に身を投じた屈原の「漁父の辞」を思い、屈原の苦しみに自らの心を重ねている。

春宵一刻値（あたい）千金、花に清香有り月に蔭有り（蘇軾七絶「春夜」）といふこと読み、子遠に遣はしぬ（二月十九日「子遠に与ふ」）

独寝（ひとりね）の首（こうべ）を挙げて窓みれば花の月影値（あたい）千金

安政六年春・木々大人心ありとて佳節にも杜康の家に過られざれば屈原の事など思ひつづけて（「詩文拾遺」）

我れひとり醒めたる人の心しは昔も今も床しかりける

「木々大人」は野山獄の同囚、林有道か。「杜康」は太古の中国で初めて酒を造ったという伝説の人の名。転じて酒の事を指す。

四月十二日・在野山獄「品川彌二郎宛」

いたづらに春をや人の過すらん匂ふ盛りの花も見なくて

花は今盛りなりしに人皆のいつを見るべき時と待つらん

愛でなばと待ちにし花もいつかはやうつろひはてて春は暮れにけり

四月十二日頃・在野山獄「某宛」

武蔵野に匂ひみちたるさくら花見てのみ人のいかにをらざる

【「東行前日記」（安政六年五月十四日〜二十五日）】

志

かけまくも君の国だに安からば身を捨つるこそ賎(しず)がほいなり

「ほい」は本意

五月雨(さみだれ)の曇りに身をば埋(うず)むとも君の御(み)ひかり月と晴れてよ

今更に言の葉草もなかりけり五月雨晴るる時をこそ待て

和作に与ふ（五月十六日）

云はずとも君のみは知る吾が心心の限り筆も尽さじ

佐々木叔母に呈す（五月十七日）

今更に驚くべくもあらぬなり兼(かね)て待ち来し此の度の旅

諸妹に贈る（同日）

心あれや人の母たる人達よかからん事は武士(もののふ)の常

こは東へ趣きける時、諸妹より心得にもなるべきことを授けよとの事なれば、よみて遣はしける。
「こころあれや人の母たるひとたちよかからん事は武士の習ぞ」と記した歌もある。

木木氏に別る（五月十八日）

郭公（ほととぎす）今を限りと鳴出（なきず）とも君より見れば未（ま）だにやあらん

歌（同日）

鳴かずては誰れか知らなむ郭公（ほととぎす）皐月雨（さみだれ）くらく降りつづく夜は

「こたび東へめし人にして送らるるよしをききて」と詞書して「啼かずては誰れかしらなむ郭公さみだれ闇（くら）くふりつづくよは」と記した歌もある。

東へ出立（いでた）つ時亡友金子生の事を思ひて（五月二十一日）

箱根山けはしき道を越す時は過ぎにし友を猶（な）ほや思はん

「冤魂慰草」には、「東へ旅立する時亡友金子生をおもふとて」と詞書して「箱根山けはしき道を越す時は過ぎにし友のなほ思はれん」と記されている。

冷泉雅次郎に贈る（同日）

賤(しず)が身は世には合はねど大空をてりゆく日やは照さざらめや

同囚に別る（五月二十四日）

栖(す)み馴れて人屋(ひとや)も流石(さすが)床しけり別れに絞(しぼ)る五月雨の袖

高須うしのせんべつとありて汗ふきを送られければ（五月在野山獄）

箱根山越すとき汗の出でやせん君を思ひてふき清めてん

【『涙松集』（安政六年五月～七月）】

涙　松（五月二十五日）

帰らじと思ひさだめし旅なればひとしほぬるる涙松(なみだまつ)かな

菅公廟（二十六日）

思ふかな君がつくしのこころしは賤があづまの旅につけても

鈴木（高鞆）大人に送る（同）

君こそは蛙(かわず)鳴く音(ね)も聞きわかん公(きみ)のためにかおのがためにか

五月雨止む（同）

ふりつづく五月雨晴るるころはまた人なやまする暑さなりけり

薬(くす)しをつけらるるとききて（二十七日）

とらはれて行く身も君の恵(めぐみ)なりむくひでいかにわれおくべきや

呼坂(よびさか)にてしる人の陰(かげ)ながら見送りける時（同）

取りあへぬ今日の別れぞさちなりきものをもいはば思ひをぞまさん

小瀬川（二十八日）

夢路にもかへらぬ関を打ち越えて今をかぎりと渡る小瀬川(おぜがわ)

芸州路（二十九日）

安芸（あき）の国昔ながらの山川にはづかしからぬますらをの旅

厳島（いつくしま）（同）

そのかみのいつきの島のいさをしを思へば今も涙こぼるる

弘治元年（一五五五）厳島に於て毛利元就は、勅を奉じて陶晴賢を敗死させた。

広島にて駕籠（かご）の戸を明けよと警固（けいご）の人に頼むとて（同）

世の中に思ひのあらぬ身ながらもなほ見まほしき広島の城

備前路（六月五日）

郭公（ほととぎす）まれになり行く夕ぐれに雨ならなくば聞かざらましを

吉備宮（吉備津神社）（同）

今の世は君の誘子（いさご）ぞいとおほみたふれきためてくしのみをとり

「君」は祭神の子孫の吉備真備の事か。「たふれ」は狂人、「きたむ」は罪を調べ糺す事。「くし」は孔子の事。

淡路島（八日）

別れてはふたたび淡路島ぞとは知らでや人のあだに過ぐらん

明　石（同）

とどまりて月をみるべき身なりせばなほあはれあらんあかし浦波

一　谷（九日）

一谷打死（いちのたにうちじに）とげしますらをを起して旅の道づれにせん

一谷は寿永三年（一一八四）源義経が平家の軍を攻めた所

湊　川（同）

かしこくも公（きみ）の御夢（みゆめ）にいりにしを思へば今は死せざらめやは

淀（十一日）

ことはん淀の水車昔よりいく廻りして世をばへにきや

伏水（ふしみ）より都を拝し奉りて（十一日か十二日）

見ずしらぬ昔の人の恋しきと思（おぼ）さんことのかしこかりける

護送の人々に別るとて（二十四日品川）

帰るさに雁の初音を聞き得なば吾が音づれと思ひそめてよ

（以上『涙松集』）

七月九日幕府へめされて公館（毛利藩邸）を辞するとて

待ち得たる秋のけしきを今ぞとて勇ましく鳴くくつわ虫かな

九月六日・在江戸獄「堀江克之助宛」

よそにのみ見てややみなん常陸（ひたち）なる仙波が沼の波のけはしさ

九月末の二日に工より御酒賜はりけるに、己れ下戸にて頬のいと赤くなりて人々に笑はれければ（九月二十二日・在江戸獄「堀江克之助宛」）

吾が頬は桜色にぞなりにけり春来にけりと人や見るらん

「工」は堀江克之助の事

尚ほ以て重陽の節、老上人の御身上を羨み奉り愚詠仕り候。則ち左に録上御咲草（おわらいぐさ）までに仕り候。（九月二十九日・在江戸獄「宥長宛」）

十（とお）あまり四（よ）とせの秋をあだに経てけふこころよく菊を詠（なが）めん

十月七日また三士（橋本左内・頼三樹三郎・飯泉喜内）を打たれしときゝて（十月八日・在江戸獄「堀江克之助宛」）

打ちつづく小春のけふぞ時雨（しぐ）るるは打たれし人を嘆く涙か

終（つい）にゆく死出の旅路の出立（いでたち）はかからんことぞ世の鏡なる

国のため打たれし人の名は永く後の世までも談（かた）り伝へん

十月八日・在江戸獄「高杉・飯田・尾寺宛」には、「昨日は又三義士を誅し候。をしき事〳〵。」と詞書の後に、「晴れつづく小春のけふぞ時雨るるは打たれし人を嘆く涙か」と書かれている。

天照の神勅に「日嗣（あまつひつぎ）の隆（さか）えまさんこと、天壌（あめつち）と窮（きわま）りなかるべし。」と之れあり候所、神勅相違なければ日本は未だ亡びず、日本未だ亡びざれば正気重ねて発生の時は必ずあるなり。只今の時勢に頓着するは神勅を疑ふの罪軽からざるなり。（十月十一日・在江戸獄「堀江克之助宛」）

皇神（すめかみ）の誓ひおきたる国なれば正しき道のいかで絶ゆべき

道守る人も時には埋もれどもみちしたえねばあらはれもせめ

　十月十二日・在江戸獄「小林民部宛」

やよやまと云ふにいとまもなかりけり君が出でゆくよべの別れは

出立（いでたち）をともにと思ふ君なるにしばしはよしとおもひ給ふか

　十月十七日・在江戸獄「堀達之助宛」

冬のよるひとりまくらのさむからぬまたあけきぬかきくもかなしき

平生の学問浅薄にして至誠天地を感格出来申さず、非常の変に立到り申し候。嘸々御愁傷も遊ばさるべく拝察仕り候。（十月二十日・在江戸獄「父叔兄宛」）

親思ふこころにまさる親ごころけふの音づれ何ときくらん

【「留魂録」（安政六年十月二十五日〜二十六日）】

身はたとひ武蔵の野辺に朽ちぬとも留め置かまし大和魂

かきつけ終りて後

心なることの種々（くさぐさ）かき置きぬ思ひ残せることなかりけり

呼びだしの声まつ外に今の世に待つべき事のなかりけるかな

討たれたる吾れをあはれと見ん人は君を崇（あが）めて夷（えびす）払へよ

愚かなる吾れをも友とめづ人はわがとも友（とも）とめでよ人々

七たびも生きかへりつつ夷(えびす)をぞ攘(はら)はんこころ吾れ忘れめや

絶　筆（十月二十七日・在江戸獄）

十月二十七日呼出しの声をききて

此の程に思ひ定めし出立(いでたち)はけふきくこそ嬉しかりける

四句の「けふきくこそ」が字足らずの為に、未推敲の意味で、右横に「、」を記して刑場に向かった。

辞　世（十月二十七日口吟・在江戸獄）

身はたとひ武蔵の野辺に朽ちぬとも留め置かまし大和魂

吾今爲國死　　吾れ今国の爲に死す、

死不負君親　　死して君親に負(そむ)かず。

悠悠天地事　　悠々たり天地の事、

鑑照在明神　　鑑照、明神に在り。

【年月不明】

述　懐

骨を粉にし身を砕（くだ）きつつ大君に丹（あか）き心を捧げてしがな

曽（かつ）てなん心計りに

曽てなん嘆きつつ見し桧木葉を一年頼む色を見せてよ

佐久良東雄の歌

（さくらあずまお）

佐久雄東雄（江川茂利／画）飯島家蔵

佐久良東雄　〔文化八年（一八一一）～万延元年（一八六〇）〕

文化八年（一八一一）常陸国新治郡浦須村の豪家飯島平蔵の長男として生れる。九歳の時に家督を姉に譲って出家し、同郡下林村の観音寺に入り、康哉の弟子となって良哉と名乗った。師の康哉は契沖に私淑して国学に造詣深く万葉集を愛読していた。天保六年（一八三五）に真鍋村善応寺住職となる。天保十一年歌集「はるのうた」を刊行。天保十二年鹿島神宮に参拝して桜の木千株を奉納した。その後、水戸藩の藤田東湖や会沢正志斎らと交わり、平田篤胤の門に入る。天保十四年、三十三歳にして仏門にある事を悔い、鹿島神宮で潔斎祈願して還俗し、姓名を佐久良靭負東雄と改めた。江戸に出て国学の研究に専念、又妻帯した。皇室の衰微を嘆くあまり、終には弘化二年（一八四五）京都にのぼって御所を拝した。その後大坂の坐摩神社の祝部（神官）となる。公卿の中山家にも出入りし、憂国の志士等と交わり惟神舎を開いて門弟を教え、神祇道学師となる。孝明天皇の典侍中山慶子が後の明治天皇を出産されるに当り、坐摩神社で安産祈願を行った。

安政五年の戊午の大獄に際し、坐摩神社で外夷の憂患を除く為の勅願の御祈祷を行った。安政七年三月に桜田門外の変が起るや、首謀者の一人でもある水戸藩の高橋多一郎父子が逃避来坂、庇護した事で東雄も捕縛される。その数日前に一子巌に赤誠溢れる「遺書」を与えている。江戸に護送されるが、東雄は「われは天朝の直民、何ぞ幕粟を食はんや」と食を絶って憤死した。時に万延元年（一八六〇）六月二十七日、尊敬する高山彦九郎と同じ命日だった。享年五十歳。明治二十四年に靖国神社に合祀され、三十一年に従四位が贈られた。大阪天王寺公園に記念碑がある。雅号は薑園（きょうえん）。戦前・戦後に『佐久良東雄歌集』が出版されている。掲載の和歌は平成二年に水戸史学会から発行された新版に拠る。

大王(おおきみ)の大き御稜威(みいつ)のあまたらし国たらましゝいにしへ思ほゆ

「御稜威」は、天皇や神などの強い御威光

青山を哭(な)き枯らすともあきたらぬこのわが歎き神ぞ知るらむ

磨剣

事しあらばわが大王(おおきみ)のおほみため命死なむと磨(と)ぎし剣(つるぎ)ぞ

東雄きかみたけびなきいさちて謡ふ

「きかむ」は「牙噛む」で、歯ぎしりするの意。「いさち」は、泣き叫ぶの意

ますらをの東(あずま)をのこの一筋(ひとすじ)におもふこゝろは神ぞ知るらむ

天地(あめつち)のいかなる神をいのらばかわが大君(おおきみ)のみよはさかえむ

天皇(すめらぎ)につかへまつれとわれを生みし吾がたらちねぞたふとかりける

「たらちね」は、母親もしくは両親

富士の嶺(ね)の高く貴くみやびなる心を持ちて人はあらなむ

いひくふと箸(はし)を取るにもわが王(きみ)のおほみめぐみと泪(なみだ)し流る

天地(あめつち)のいかなる国のはてまでもたふときものは誠なりけり

もの丶ふのうれたきときは剣太刀(つるぎたち)抜き払ひてぞ見るべかりける

「うれたき」は、腹立たしい、嘆かわしいの意

よき人とほめられむより今の世はものぐるひぞとひとのいはなむ

きかみたけび叫びおらびて語らずば何をなぐさに命生きまし

「おらぶ」は「叫ぶ」で、泣きさけぶの意

かりそめに墨の衣はきつれども心はあかきやまとだましひ

東雄は天保十四年に三十三歳で還俗する前は僧侶だった。

いくちたび命死ぬとも大皇(おおきみ)のおほみためにはをしからなくに

身に受けし君が恵みと国のため惜(お)しまずに散るこのさくら花

おきふしもねてもさめても思ひなば立てしこ丶ろのとほらざらめや

現身（うつそみ）の人なるわれやとりけもの草木（くさき）とともにくちはつべしや

弘化元年五月、江戸城火災にかゝりし時、東雄鼓腹して歌つて曰はく

まつろはぬ奴（やっこ）ことごと束（つか）の間（ま）にやきほろぼさむ天（あめ）の火もがも

富士山

駿河（するが）なる富士の高嶺（たかね）を見てもなほ君にひとめとおもほゆるかな

こゝもまたみやこへのぼる旅なれば一日一夜（ひとひひとよ）もこゝろゆるすな

東雄は弘化二年尊皇の心已み難く、遂に京都へと登った。三十五歳。

現神（あきつかみ）わが大君（おおきみ）のおはします京（みさと）のつちはふむもかしこし

皇宮の御垣のいたく壊れたるを見て、涙ながらに

日（ひ）の本（もと）のやまとの国の主（ぬし）におはすわがおほきみの都はこゝか

今に見よ高天原に千木高知り瑞の皇居つかへまつらむ

いのちだにをしからなくにをしむべきものあらめやはきみがためには

天皇即位につかせたまふ（弘化四年九月二十三日）またの日、この御式のあとををろがみて、かたじけなみたふとみおもひまつるあまりに、かしこかれどかうなんおもひつづけはべりし

いつはりのかざり払ひて橿原の宮のむかしになるよしもがな

嘉永五年九月　明治天皇御降誕の際、中山忠能卿に捧げ奉りし歌（二首の中の一首）

天照す日嗣の皇子の尊ぞと深く思へば泪し流る

いかにして国にいさををたてましとねてもさめてもおもへますらを

太平記をよみて　すめらみこと、かさぎのやまおちさせたまふくだりにて

わがあらばかくはあらじとちりひぢのかずにもあらぬみをばわすれて

「ちりひぢ」は「塵泥」で、つまらないものの意

あすしらぬ露の命のつかのまもこゝろならずて過すべしやは

慷慨に堪へざるをり

妻子なくば太刀取帯きて浮雲のいづくともなく去んとぞ思ふ

死変り生反りつゝいつの世に花見てくらす春にあふべき

男

白妙の衣よそひてしらまゆみ取りしすがたはゆゆしくありけり

女

神のごと貴く見えてすがしめがかきひく琴の音のさやけさ

「すがしめ」は「清し女」清らかな女性、美しい女性の意

友

友といへば茶のみ酒のむ友はあれど神習ふ友ぞまことわが友

思ふどちこゝろの花をさかせつゝ春をつねなる宿ぞ楽しき

「思ふどち」は、気の合う仲間同士の意

死変り生変りつゝ大王につかへまつらむ人ぞ我が友

とも火に見ぬ世の人を友としてしづかにふかす夜半のたのしさ

安政三年といふとしのはじめに

あまてらすかみのみいつをかゞふりてよせこむ夷ふみころさまし

いかばかりたけくいさみてふるまふも神いのらぬははかなかりけり

君がためすてゝかひあるものにあらばなに惜むべき賤が命も

きみがためいのちしぬべき心なき人のするわざはかなかりけり

ものゝふのたふときものは剣太刀とぎにとぎたる心なりけり

かりそめに木太刀とるとも大皇のおほみためにとおもへ大丈夫

いまのよのみやびを

歌詠みて君をおもはぬたはれをはとりにむしにも劣りてあるべき

「たはれを」は「戯れ男」「狂れ男」で、ふざけた男の意

飲　酒

かくばかりめでたきみよにさけのまで一日一夜もありえてましや

しにびとに似たる男の子にむかひをればあさのあひだもねぶたくぞある

月花をみるにつけても皇(きみ)を思ひおやを偲ぶぞまことみやびを

かたくなに成りやしぬると時時はおほかた人に交はりてぞ見る

「おほかた」は「大方」で、世間一般の意。

君に親にあつくつかふる人の子のねざめはいかにきよくあるらむ

たぐひなき神の御国(みくに)にうまれいでしかひあるひととなるよしもがな

堪忍

あまてらすおほみかみすらきゝなほし見なほしおもひなほしたまひき

天照大御神は須佐之男命の乱暴に対し、先ずは「詔り直された（良い様に解釈して言い直す）」との古事記神話に基づく。

ゆきかぜにたまをみがきてうめとかをりさくらとにほふこゝろもたなむ

神国は神の教へを尽くし果て絶えむ絶えじは神のまにまに

皇祖(すめかみ)のさづけ置かれし日本魂(やまとだま)磨けやみがけひかり出づるまで

かぜひくなさむからぬかと我がたもとたれかとりみむ母ならずして

皇(きみ)がため記(しる)さむ文(ふみ)を美しく書かむと思ひて手習ひもせよ

楠正成

天地(あめつち)のよりあひのきはみ武士(もののふ)のかゞみとなりし君がいさをは

五月二十五日祭楠正成霊歌

天地(あめつち)の神もうらめしかくばかりまめなる人をなどうづなはぬ

児島高徳

皇(きみ)一人しろしめせとて花の木に書く漢(から)文字ぞ大和魂

『太平記』によれば、児島高徳は、隠岐の島に流される途上の後醍醐天皇を奪い返そうとして果せず、美作国院ノ庄の行在所庭前の桜に「天、勾践(こうせん)を空(むな)しうすること莫(な)かれ、時に范蠡(はんれい)無きにしも非ず」と忠誠心を詩に托して刻んで天皇に捧げた。

元旦

かずならぬしづがふせやもしめはへて神代ながらの春はきにけり
朝日影豊栄(あさひかげとよさか)のぼるひのもとのやまとの国の春のあけぼの

正月

この月はうれしかりけりいとまなきひともおほかたあそびくらして
これをしてかれをしをへてかくしてと年のはじめはたのしかりけり

若きものどもあつまりて、うちたはむれつゝ、酒のみゐたるに

さけのみてあそぶをみてもわがきみの民とおもへばうれしかりけり

早梅

ものゝふもかくこそあらめひととせの花にさきだつ梅の初花

あひ見むとわが思ふいもは春の野のすみれのはなに似てしありけり

おのづから高く貴(とうと)しすめろぎの神のみくにのやまの桜は

いかさまにおもほしめせか春ごとに花は咲けどもいでましのなき

安政五年春桜を見て謡ひて曰はく

大皇(おおきみ)の物をおもほすこの春はさくらの花も涙(なみだ)ぐみてあり

花の嵐に散るを見て

事しあらばわが大君の大御為(おおみため)人もかくこそちるべかりけれ

五月雨の頃

一日二日(ひとひふたひ)こもりをるさへいぶせきをわがおほきみはいかにますらむ

雨後月

村雨(むらさめ)のなごりの露の白玉のひかりすゞしき夏の夜の月

虫の音聞きにまかりて

何事もくだり果てたる世の中にこれや神代(かみよ)のまゝのもの、音(ね)

ちしほにそめたるもみぢをみて

いくちたびちりはてぬとも紅葉(もみじば)のあかきこゝろぞうれしかりける

君がため朝しもふみてゆく道はたふとくうれしく悲しくありけり

清きこゝろおもひ堅めし心地せり澄める月夜にこれる河の氷(ひ)

「これる」は「凝れる」で、冷えて固まる、凍るの意

霰

こてのうへにたばしりにけむたまあられくだけてもなほいさましの世や

きゆまではふまであらましさらでだにきよき斎庭（ゆにわ）にふれる白雪

大石良雄の画賛といふを見て

にごり江にひそみし魚をかはせみのとりえしこゝろうれしかりけむ

赤穂義士の統領大石内蔵助良雄は「翡翠画讃」と題して「濁江のにごりに魚はひそむともなどかはせみのとらでやむべき」と和歌を詠んでいる。それを見て、苦難の末主君の仇討を果した大石の心を偲んで詠んだ歌。

世のなかをはかなきものとしりしより神のまもりぞたふとかりける

陳志二首　神祇道学師平安曽美東雄

何事を成して果てゝばうつそみの世にあれ出（い）でししるしはあらむ

しかありけむかくあるらしと古（いにしえ）の大御代（おおみよ）偲びて神習へたゞ

上京した東雄はその後、大坂の坐摩神社の祝部（神職）となっていた。

曇なき清亮（さやか）なる身に浮雲（うきぐも）のかゝるべきとはおもはざりけり

ことしあらばみことにそむく奴等（やっこら）をまかくのごとくとならへ武（たけ）わざ

人丸（ひとまろ）や赤人（あかひと）の如いはるとも詠歌者（うたよみ）の名はとらじとぞおもふ

一筋に君に仕へて永き世の人の鑑（かがみ）と人はなるべし

右二首は佐久良大人、大坂に於て幕吏に捕はるゝ前、一子石雄に与へし遺書中にあるものなり。（万延元年三月十八日）

東雄は当時歌人としても評価が高く、万葉歌人の柿本人麻呂や山部赤人の再来の様に言われていたが、あくまでも志士として生き抜き、専門歌人と呼ばれる事を拒否した。

【長　歌】

詠桜華長歌並短歌

おほなむちすくなひこなの、神代（かみよ）より霞たなびき、うらゝかに照（て）れる春日に、咲きにほふ桜の花は、振りさけて見れば貴（とうと）く、折り持ちてみればうつくし、思ふどちいより集ひて、さかづきに浮かべても飲み、散る華（はな）を袖に包みて、あそべどもいやめづらしみ、打ち見れどなほ飽（あ）き足（た）らず、言ひもかね名づけも知らに、くすしくもあやしき花か、あやしくも妙（たえ）なるはなか、さくらのはなは

反歌

天地（あめつち）のいかなる神のこゝろよりさくらのはなはさかせそめけむ

佐久良東雄は苗字を佐久良＝桜と名乗った様に、日本精神の象徴とも言うべき桜の花をこよなく愛した。この長歌には桜花讃歌の情が溢れている。

天保十五と云年の秋歌　題不知（天保十五年・十二月二日に弘化に改元）

いとあはれいかにせばかも、古のいかし大御代に、かへらむと数ならぬ身も、むらぎものこゝろ砕きて、夜昼にありける時に、およづれのたは言かも、しらぬひ筑紫の岬に、きたなきや夷がともの、船あまた並べ乗り来て、ゐやもなくあらびさわぐと、玉鉾の道行く人の、語らひて行く言聞けば、よのなかの憤ほろしく、悲しけくきかみたけび、叫びおらびて、泪し流る

反　歌（六首の内三首）

かゝる時心のどかにある民は木にも草にも劣りてあるべき

かゝる時せむすべなしともだに居る人はいきたる人とはいはじ

心なき野辺の草木も山風の吹きし渡ればさやといふものを

前年に還俗し江戸に出て国学の研究に専念していた東雄は、街行く人のうわさ話に九州

に外国船が来て無礼にも騒いでいるとの話を聞いて憂国の情が湧き起って涙を流すのだった。この様な時に何もしない者は木草にも劣ると、翌年、遂に京都へと旅立つのである。

大御京に登る時に謡ひて曰はく（弘化二年）

うつせみの人とあれ出で、明日知らぬもろきこの身を、ふたゆかぬこの年月を、いかなることを成してか、世に生けるしるしはあらむ、旦夕に勇ましからむ、土食みて飢ゑは死ぬとも、かしこきや今のをつゝに、天地にい照りとほらす、天照らす日の皇子現神わが大王に、たぐひなき赤き心を、一筋に尽くしてこそと、大丈夫のこゝろ振り起こし、剣太刀腰にはきつゝ、草枕旅よそひして、ちゝのみの父をわかれ、はゝそばの母を離れ、うるはしき友をも置きて、住みなれし里を出で立ち、日毎に時雨ふりつゝ、草も木も色変りゆき、あきかぜに白雲立ちて、雁が音のとよむころしも、あしびきのやつを踏み越え、わたつみの海をわたりて、大王のみさとに登る、かくまでに思ふこゝろは、大王もしろしめさねど、天地の神は知らむと、うれしけくわれはぞ登る、皇がみさとに

反　歌

一歩み歩めば歩む度ごとに京へ近くなるがうれしさ

異賊襲来詞（嘉永六年ペリー来航時）

たらしひめ神の尊は、女神にてましませど、おほみいくさ整へたまひ、大御船つらなめまして、かきかぞふ三つの韓国、せめましし事をこそきけ、天地のはじめの時ゆ、天照らす日嗣ぎの皇子の、しろしめすこれの御国の、けがれたるえみしが輩に、かくまでに恥見せらえし、事なしと心おもへば、

悲しけく憤ろしも、ことさへぐ漢人さへに、その君の恥見せらえば、その臣は命死ぬと、言ひておかずや

反　歌

皇がためよもの丈夫筆棄ててつはものとらむ時ぞこの時

夜中に寤て謡ひて曰はく（嘉永六年の弥生の末つかた）

かしこきや大王の辺に、事しあらば太刀取りはきて、こよひにも出で行くわれを、大船の思ひたのみて、妻子どもが寐たるをみれば、泪し流る

陳志歌

死にかはり生きかはりつゝ、天地のよりあひの極、現つ神わが大王に、ひた

ぶるにつかへまつらむ、事しあらばくなたぶれどもを、きりはふり命死なむと、むら肝の心さだめて、剣太刀とぎてしあれば、月の夜も花のあしたも、あはれあはれ異にしありけり、これぞこれ神代のまゝの、人のまごころ

詠人道歌

わが君にまさるきみなし、わが祖にまさる祖なし、わが君は今の現に、天照す日の大御神の珍の御子、わが祖は日の若宮におはします、神伊邪諾の大御神、わが君に勝る君なし、わが祖に勝る祖なし、尊き此の身、嬉しき吾が身

忠臣集会飲酒歌

剣太刀磨ぎしこゝろを、死に変り生きかはりつゝ、天皇(すめろぎ)に仕へまつると、かためたる大丈夫(ますらお)のとも、山河の清くさやけき、高殿(たかどの)にいより集ひて、天(あま)の原わたらふ月の、鏡なす清き月夜に、飲むがうれしさ

大久保要宛書簡に「今日ハ楠公打死ノ日、嗚呼。平生申ス如ク拙ガ志ハコレニ候。御深察相願。是ハ忠臣集会飲酒ノウタニ候」と有り。

示子歌

猫ならば鼠(ねずみ)よく取り、犬ならばよく垣守(かきまも)り、猫と云へば猫のかゞみ、犬といへば犬のかゞみと、成りてこそ命(いのち)は死ね、うつそみの人とあれたる、わがともは赤き心を、すめら辺(べ)にきはめ尽くして、たぐひなきいさをを立てゝ、天地(あめつち)のよりあひのきはみ、あれつがむ人のかゞみと、成りて死ぬべし

左道異学の物知人(ものしりびと)を見て謡ひて曰はく

よのなかのしれたる人か、いかなるものぐるひかも、貴きやわが身のあれし、父母(ちちはは)の国とも知らず、かしこきや遠つ祖(おや)より、幾千年(いくちとせ)恵みかゞふる、わが君の御国(みくに)忘れて、御国をばそしりおろし、とつ国に心をひきて、百足(ももた)らずやそから国ゆ、渡り来し事はことごと、上(うえ)もなきさかしき事と、打ちえみてよろこび誇り、さかしらにあげつらへども、曇り夜の迷ひ払ひて、あきらかにこゝろ思へば、飲み食ひきものを始め、常になくて一日一夜(ひとひひとよ)も、ありえざるものはことごと、今の世も神代のまゝに、あるぞ貴き

反歌

さかしらに物まねしつゝあたら世をふる人みればさるにかもにる

有馬新七の歌

有馬新七

有馬新七　〔文政八年（一八二五）～文久二年（一八六二）〕

文政八年（一八二五）薩摩の伊集院の郷士坂木四郎兵衛貞常の三男として生れた。名は新七・正義・信輝・武麿とも称した。三歳の時に父が藩士有馬家を継ぎ、家族で鹿児島に出た。十九歳の時に江戸へ遊学し、崎門学を修め兼て漢詩を学んだ。剣術は叔父坂木六郎につき直心影流（真影流）の奥義を極めた。弘化二年（一八四五）京都で仁孝天皇御親祭の新嘗祭を拝し感激する。嘉永六年のペリー来航以来国内が騒然となってくる中で国事を憂えて江戸に出て水戸の志士達と交わった。

安政五年（一八五八）井伊直弼が大老になって専権に及ぶや京都に上り、月照や西郷隆盛と会し、急逝した藩主島津斉彬の宿志を果さん為画策する。朝廷は先に水戸藩に下した密勅の写しを土佐・越前・宇和島・阿波の各藩に達する事を決め、その事を進言した新七は、自らその使者を引き受けて江戸へ下った。江戸で義挙を計っている最中に同志橋本左内、日下部伊三次等が捕縛される。新七は水戸の志士達と井伊大老襲撃を約して再び京都に入り伏見に潜伏して、上京の藩主島津忠義に義兵を上げる事を進言したが容れられず、帰国を命じられる。

鹿児島で楠公社を建立。文久元年（一八六一）の藩政改革により藩校造士館訓導師に任命される。文久二年島津久光が兵を率いて上京するのを契機に真木和泉守や平野国臣等諸国の志士達と義兵を挙げる事を計画し、寺田屋に集結した。しかし久光はそれを許さず、四月二十三日未明鎮撫使を派遣、新七等は説得に応じず、激闘の末斃れた。享年三十八歳。殉難の同志と共に伏見の大黒寺に葬られる。明治二十四年従四位が贈られる。掲載の和歌は『有馬正義先生遺文』に拠る。

【『都日記』より】

水戸の殿人鮎沢伊太夫、征夷府の家人勝野豊作等の人々も集来て、夜もすがら酒飲みかはし、天下の形勢を深切に物語りしつ。寅の刻比宿を立出でぬ。都に疾く行かまほしく（安政五年八月二十九日）

鳥が啼く東の空ゆ飛ぶ鷲の翼をがもよかけりても行かむ

「鳥が啼く」は「東」にかかる枕詞

袖が浦といふ所にて吹風いと寒かりければ（同日）

独り行く旅の夜嵐烈しくて露置きまさる袖の浦波

いつしかと身にしむ秋の風寒みちぢに心をくだく比かな

衣類を背負て名に負ふ箱根路の険阻を越行くも甚と苦し。滝の音、鹿の声、打こめたる深山の秋風、身にしみて甚と物凄愴し（九月二日）

白雲を分つゝのぼる箱根路のふたごの山の秋のさびしさ

「ふたごの山」は「二子山」の事。箱根火山中央火口丘の一つ。

辛（かろう）じて嶮路を越えたり（同日）

箱根山さがしき路も大君の御心思へば安くぞ有りける

「さがしき」は「険しき」で山などがけわしく危ない事

夫（それ）より菊川を渡る。此の里名に負ひて菊いと多し（九月四日）

たち渡る霧吹払ふ朝風にかをる籬（まがき）の菊川の里

万葉集に引佐細江（いなさほそえ）の水（み）をつくしと詠（よめ）る所は彼の山の辺りなる入江なるべし（九月五日）

名にたてる引佐細江（いなさほそえ）の水（み）をつくしまがはむ道の標（しるし）にはせよ

「引佐細江」は奥浜名湖。「水をつくし」は「澪標」の事で、川や河口や海で、船の通う水路を示す為に並べ立てた杭の事。「まがはむ」は「紛はむ」で、まちがえないだろうの意

高師山に雲かゝりて時雨の降ければ（同日）

浮雲のかゝる高師の高嶺（たかね）より橋本かけてしぐれふるなり

鳴海の駅を経て雁の啼くを（同日）

鳴海がた秋風寒し在明の清きみ空にかりがね聞ゆ

鈴鹿山を越えけるに、時雨降り出でぬ（九月七日）

鈴鹿山時雨はまなくふりぬともあかずだに見む峰のもみぢ葉

すゞか山時雨に匂ふもみぢ葉を都のつとに手折りてぞ行く

「つと」は「苞」で、みやげの意

比良の高嶺は早や雪ふり積りたり（同日）

さゝ波の志賀の浦わゆ漕出でて比良の高嶺にみ雪ふる見ゆ

即宗院に詣で、云々の所以有て参上りし由を申し、花など手向け奉りき（九月八日・前日に京都到着）

詣で来て花を手向の枝ごとに露こぼれつゝぬるゝ袖かな

夜丑の刻（午前二時）になりて、余は人々に別れを告げ、御書箱を首にかけ、厳重に奉護りて駅馬にうち乗り、都を立出でたり。此度の御使は実に朝廷の重き御使にて、容易からぬ事なれば、若しや奸党等見恠しみ見咎めなば、如何にも欺き首尾よく関東に下りなむ。然れど如何に陳じ言とも遁るまじかりせば、畏けれど速に御書を引裂き食ひのみて、思程血戦て死なましものをと、前後左右に眼を配りつゝ、馬をはやめたり。行々口吟びける長歌（九月十一日）

さかしくも荒びなすかも　外国の夷狄に諂びて　かりこもの乱れてさやぐ
東人曲事なして　八年の年も来経行き　長月の長き恨も　身にしみていざ
言向む　天雲の向伏す国の　物部のことたらひして　敷島の都の空を　夜を
こめて出立行けば　大空は弥清きかも　月影の光りに匂ふ　大内の三山おろ
しに　吹かへす衣手寒し　鴨川の瀬々のさざ波　い渡りてたづきも知らに
粟田山木の間かくれに　立騒ぐ百の醜人　いり居りと人はいへども　掛まく
も綾に畏き　大君の御稜威かがふり　大御こと畏み奉り　行く我をとどむる

関も　荒駒の岩根踏みさくみ　安らけくいゆきとほりて　平らけく又も昔に
立復る御代の栄えも　逢坂や手向けの山の　木の間より近江の海に　立浪の
えならぬ浦の　くまもなく思ひたらはす　大空も雲まよひ来て　時雨降る志
賀のから崎　ひとつ松阿波れ　幾代の年やへし　人に有りせばこと問はまし
を　旧りにし跡も聞かましものを

物部は死ともただにはよも朽じ田道が跡のふむべき有るを
此身こそ露と散るともなき魂は永く朝廷辺守り奉らむ

水口の駅を経て、鈴鹿山にて紅葉の散りたるを見て（同日）

よしゑやし散らばちるとも紅葉ばの大和錦の色はかはるな

「よしゑやし」はええままよ、たとえどうあろうとも、の意

九月十六日、無事に江戸に到着。十七日に勅書の御写等を土佐守に奉呈

し重任を果した。
更に、越前・長州・土佐等の勤皇の志士と挙義の策を謀り、それを実行に移すべく十月十一日、再び上京の途についた。今回は北陸道を経由した。

今宵は月最（い）と清かりければ（十月十一日）

雲霧も遂に治まる御代なれや月も隈（くま）なき武蔵野の原

両国橋の辺にて（同日）

隅田川すみにし御代に復（かえ）さむとたち出（いづ）る旅の勇ましきかな

下諏訪の駅に至りて湖水の鰻有る飯店に休み、飯を食ひ、此より桜（※同行者の桜任蔵）も歩行して塩尻峠を越えたり。此辺所々に雪見ゆ。寒気も堪へ難くなむ有りける。此の峠の頂より富士山湖水のうち越しに遙に見え、いはむかた無きけしきなり。暫く此に休み、今日ぞ富士を見ることの限りにて、又も顧る事は期し難かるべしと思ひ、最（い）と感慨の情を起しける。（十月十七日）

あかずだに見てこそ行かめ富士の山今日をかぎりの名残（なごり）と思へば

かけ橋を通りけるに、紅葉の散り積りけるを（十月十八日）

乗る駒のつめにもみぢ葉踏み分けて木曽のかけ橋渡り行くかも

吹（ふき）おろす峯の嵐に散り積みて錦渡せる木曽のかけ橋

伊吹山に雲かかりて風烈しく紅葉ばの散りけるを見て（十月二十三日）

神風のいぶきの高嶺時雨してさそふ嵐にもみぢ葉散りぬ

関ヶ原を諸所見廻りて、我が先君惟新公（※島津義弘）の御勇戦坐しける昔しを思ひ出で奉りて、最と感慨に堪へかねたり。公の御陣は伊吹山の方なりと聞て（同日）

吹（ふき）おろす伊吹嵐の太刀風に東（あずま）をのこもおぢまどひけり

「おぢ」は「怖ぢ」で、恐れる、こわがるの意

すりはり峠と云へる所に至りて茶店に休み、彼の名物ちふ団子など食ひたり。彼の四人の者共（※幕府隠密）も同じく茶店に休みたり。此所より近江の湖水を見下して、湖水の水最と清らかにけしきいはむ方なければ（十月二十四日）

近江の海えならぬ浦のはるばると見れどもあかぬ比良の高山

見渡せば浪も静(しずか)に比良の根の影移るまですめる湖水(みずうみ)

今また都の方に参てはなかなかに疑を受けむは疑なし。即(つい)て都を見る時も有べしとて、此より伏見街道に赴きたり。山科の大津の宮の御陵（※天智天皇御陵）を遥に奉拝(おがみまつ)りて（十月二十五日）

たえず降る山科(やましな)山の御陵(みささぎ)の跡なつかしみ積(つも)る白雪

夜酉下刻（※午後六時）比船に乗りて伏見を立出たり。路すがら詠める歌（同日）

難波江の入江のあしの立(たち)乱れ思(おもい)を砕く世こそ慷慨(うれた)き

なには江の繁る芦間(あしま)をかり払ひ誠の道を世に立てめやも

世降りて種々の妄説盛に起り、ことさやぐ漢国風俗に押移りて掛巻くも綾に可恐天皇命の皇祖神の事依し給ひし随に天下所知食す大御国の根元所以よしを弁め知らずして、一向に武臣武権を振ひ、世の人徒に世の時勢につれて幕府に諂び仕へ、君臣上下の名分を失ひけるよりぞ、斯く荒びなす醜臣も出で来て、世の中浅ましく成りくだちけむかし、阿那慷慨かや。斯て様々に思慮て再び都に参上り、奸賊等が動静を窺ひて、忠義しき志有る国々の物部に告遣り、勤王しむ軍勢を起し奸賊等を言向て、恐も我天皇命の宸襟を靖奉らむものぞと思ひ起して、行く路すがらものせし長歌並に短歌一首（十月二十九日）

おし照るや難波の葦間　踏分て出立行けば　玉敷の平の都の　安らけく打見る山の　弥高くかき見る家庭の　さきまでも弥たち栄ゆ　百千足皇国のまほの　真秀国の綾に貴き　高御坐天津御神の　大御代より　天津嗣日嗣しらしし　大君の雄々しく猛く坐て　直く平らに聞し給ひ看し給ひて　千早振人をば和し　弥広に国も真広く　百の臣も弥栄ゆくを　曲津日の荒び怪しき

外国の夷狄に謟びて　彦根なる城の辺の臣が　逆事して世の中痛くさやげるを　こたび我もまた　掛巻もいとも可畏き　大勅命かしこみ奉りて　朝廷辺をいけらむ極み　物部の八十の心を　天地に思ひ充満　荒金の吉備の真金の剣太刀御代の御楯と　執りはきていそしき荒魂　振起し醜の醜臣　うちきため千万代まで　動無く弥つぎつぎに　常しへに八十国までも　弥広に豊栄えます　大御代に我も逢はむかも

反　歌

大君になほく仕へて千万代栄行く御代に逢ふよしもがも

八幡の此方を行きたりしに、淀の方より間者等三人来れるが、余がさまを怪しと思ひにたる躰なれば、余はやく其の躰を察て、茶店の後より潜出で八幡山の後ろなる竹藪に隠れたり。即て彼等急で通り、いまだ遠くは行まじなど語りつゝ、行過ぎたり（同日）

しぬはらのしげけき中に伊隠ていざやと執りつ剣太刀はや

「しぬはら」は「しのはら（篠原）」で、篠竹の生い茂っている野原の事

此にて衣服を着がへ頭巾をかぶり、夜に入りて八幡の社に詣でて朝廷の安全く坐むことを奉祈て（同日）

掛て仰ぐ神の幸に大君の御代を八千代と常磐堅磐に

竊て都に参上りて（十一月一日）

玉しきの平の宮を再びも仰ぎ奉るぞ貴きろかも

「玉しき」は玉を敷いた様に美しいこと、又はその所。「平の宮」は平安京・京都の御所の意

伏見に潜居たりける時の長歌並短歌一首

近江海彦根の城なる　醜臣が逆事なして　大御国汚し奉らむと　鳥が啼く東

の国の　大城の辺にいはひもとをり　外国の夷狄に諂びて　恐くも朝廷かた
ぶけ　奉らむと相かたらひし　国々の醜臣おとなひ　さばへなす狭蠅の臣が
敷島の都に詣来　忠勤し臣の子等をば　捕へつゝ弥荒びなすを　内日刺大宮
人は　大内の山には塵も　たてめやと矢たけ心の　梓弓真弓執り持ち　射向
はばいきらむ物と　岩が根も通らざらめや　我も又綾に畏こき　大勅命かし
こみ奉りて　物部の雄々しき心　天地に思ひたらはし　旅寝する伏見の里に
潜居ていきつき渡り　我が命いけらむ極み　八隅しゝ吾が大君の　大御代の
御代の栄を　万代と神に祈りつ　朝には出でいて歎息き　夕には入り居て思
ひ　剣太刀磨し心を　振立ててどよみさやげる　罪人を払ひ鎮めて　天津日
の神随なる　大道をまなふに執りて　千万代拝奉り　かしこみて仕へ奉ら

むかも

反歌

天地に思ひ充満はし丈夫の立し心を神もたすけよ

長門国なる萩の山県直彰余が潜居を訪ひけり。斯くて共に同列で詣でけり。両人ながら大刀をもは（佩）かで、市人のさまに身をやつして行きける。余はもしも事有らむ時のためにとて、短剣を懐にせり。路すがら作れる長歌並短歌一首（十一月七日）

八隅し丶我が大君は　神ろぎの神の命の　事依し給ひし随に　天下御食国と
しろしめし　浦安の安国と安らけく　敷ませる山城の国　玉しきの平の都
国見れば綾に貴く　山見れば山弥高し　河見れば河弥清し　家居なす家庭も
広し　見渡せる路の八十隈　平けく秀国のうらくはし国ぞ　こゝをしも宜し
きまして　八十国は宜も栄えつ　掛巻も綾に畏こき　神随御稜威いかしく

内らをば直く平らに　看し給ひ聞かし給ひて　外事は雄々しく猛く坐て　雨雲のしばしかくしも　か丶るとも三空は弥に　照します天津御神の　看行し即て科戸の　神風の塵も残らず　吹払ひ御代の栄えは　朝日の豊栄のぼりに弥栄え弥常しへに　天地とかぎりはあらじ　万代までも

反　歌

時雨してしばしかくしも曇るとも弥照りまさむ天津日のかげ

今宵は真葛が原なる真葛軒に宿りぬ。いたく霰の降りければ（同日）

百に千に思ひくだけて玉霰あられたばしる真葛のの原

伏見にてをりにふれてよめる歌ども

刈薦の乱れし世にも物部の立し心は動かざらまし

「刈薦」は「刈菰」で、「乱る」にかかる枕詞

物部（もののふ）の矢たけ心の弥（いや）ましに思ひくだくる世にこそありけれ

荒（あら）びなす醜の醜臣打払ひ肇国（はつくら）しらす御代に復（か）へさむ

露のまも忘れがたなき大君の御代の栄えを祈りつ我れは

梓弓引てゆるべず物部（もののふ）の矢たけ心の止む時あらめや

草深き伏見のをぬに置く露は世を思ふ故の我が涙はも

「をぬ」は小野の事

大君の憂（う）き御心（みこころ）はよそにのみかくて見つつも忍ぶ可きかは

直彰等と共に宇治にものしたりけるに、時雨の降りけるを（十一月十三日）

忍ぶにも猶余り有り宇治川の昔しの跡をとふしぐれかな

風さそふしぐれの雨に袖ぬれてあはれ身にしむ宇治の山里

今国々の大名等多に有るが中には勤王の志し有るもまれには有れど、大概は雄心を振起し断然と義兵を起す人なし。其は奸党の暴威を恐懼れ、或は利害を計較心のみ主となりて、真情より忠誠なる志し無く、大義を次とする故ならずや。然れば今を以て古を観るに、今の人は口こそ賢けれ、実事の上に就ては古人に及ばざること遠きかも（同日）

大君の皇国かたむる物部の猶予してなど雄心のなき

山科にてよめる（十一月二十八日）

斯て世に有らむ限りは山科の止まず尽さむ大和真情

大宮所をも拝み奉りなむとて、御所を畏美恐美拝奉りき。路すがらよめる長歌並短歌一首（十二月三日）

雲の上はたかく貴し　見れどあかぬ宮居も綾に　玉敷の平の宮の　宮柱太しく立てゝ　八隅しし現御神と　天下所知食す大庭に　畏くも拝み奉り　出立て水底清き　鴨川の流をつたひ　音に聞く音羽の山の　滝津瀬をよそにも見

つゝ　名もしるき大淀川を　さし渡り八幡山に　手向して我が越行ば　津の国の尽す心を　照しますす神の幸の　在らませば又帰見む　路の隅八十隅ごとに　弥歎息き弥憤り　百に千に思ひくだきて　過行ば弥遠に里離り来ぬ　弥高に山も越来ぬ　物部の我が大君の　大勅命かしこみ奉り　海行かば水漬かばね　山行かば草生屍　朝廷辺に死なまし物を　為便のたつきを知らに　難波江のあしま踏分　帰路の阿那慷慨や　梓弓引ば本末　するゑ遂にいけらむ極み　玉の緒の絶てもただに　よも止まじ田道が臣の　古への跡を慕ひて　こひまろび我は来つるかも　大坂の郷

反　歌

朝廷辺に死ぬ可き命ながらへて帰る旅路の憤ろしも

月いとさやけかりければ（同日）

都地を立隔(たちへだ)て行く山の端を月に詠(なが)めて帰るあはれさ

都思ふこころ隈なき月影を見てのみ慕ふなには江の浦

雪降りたり。其時に都の方をながめて作れる長歌並短歌一首（十二月十三日）

弥遠(いやとお)に都離(さか)りて　なには江のいめも結ばず　夕月夜五更闇(あかつきやみ)の　不明(ほのか)にも雲居の空は　見得分(みえわ)かで三雪降(みゆきふり)けり　大日枝の山もかくりて　八幡山白旗なせる白妙の目妙(まくば)しきかも　何かかく錦の御旗　大内の三山おろしに　吹靡(ふきなび)かせ我が大君の　御軍(みいくさ)の御供たまひて　先駆て草生屍(くさむすかばね)　露霜の消(け)ぬべき時に　逢ふよしも有りなむ物と　思へどもまつ程遠き　筑紫男(つくしお)の為便(せむすべ)しらで　天地に満足(みちたら)はして　慕(しとへ)かも阿那慷慨(あなうれたき)や　我こそは国の罪人　朝廷辺(みかどべ)の宸襟(みこころ)苦しく思食(おもほ)すを斯(かく)て見つゝも　帰るかも我身を恨み　哭涙(かくなみだ)袖さへ所潰(ひじ)て　弥思ふ悲

しき物は世間有（よのなかなれや）

反歌

よそにのみいつまでか見む都地（みやこじ）の八幡の山にふれるしら雪

安治川橋の下なる富島と云へる所に船泊りせり。今宵千鳥の啼けるを聞て

身を恨み世を歎息（なげ）く我（わ）は友千鳥啼（なき）てなにはの夢も結ばず

【『都日記草稿』より】

ふりにける淀の大橋くちはてゝ小船さほさしわたるたびゞと

旅寝するふし見の里の群（むら）しぐれ袖のみぬれていめも結ばず

「いめ」は、ゆめ（夢）の古形

先（さき）がけて名を後の世に輝（かがやか）しときは固磐（かきわ）に皇国（みくに）まもらむ

「ときは」は「常磐」で、常に変わらない岩、永久不変の事。「固磐」

は「堅磐」で、堅固な岩、永久に変わらない事を祝っていう語

近江の湖水を渡りて

さゝなみの志賀の浦ゆこぎいでて比良の高根にみ雪ふるみゆ

大津の駅にて

ふりにける大津の宮の栄(さか)ゆきしあといちしろき里のにぎはひ

「ふりにける」は、歳月を経て古くなってしまったの意。「いちしろし」は「いちしるし」の古形で、著し・いちじるしの意

逢坂山を越えるに月いでたり

ひとりゆく旅に逢坂越へ行けば松の木のまに月てらすみゆ

都にてよめる

よしや身はいづこの土となりぬとも魂(たま)は都にとどめ置かまし

都地に千代のすみかのやどしめむよしやいづこに身は捨(すつ)るとも

時雨のふりけるを

雲まよふ比枝山おろしはげしくてすむべき月のかげぞくもれり

都より急ぎに急ぎて又東国に下るとて

はるばると東をかけて都地にゆくもかへるも大君のため

月いとさやかにて日枝山をてらすを

大比枝の山雲霞吹きはれてみそらも清み月さえける

「月さえける」は草稿の中の短歌で未推敲の為字足らずとなっている

逢坂山を越るとて

大君の弥さかえます大御代にまた逢坂の関も越えなむ

頼朝朝臣が覇業をひらきし古跡(の)迹などおもひつづけ

世のみだれ払ひ静めて朝廷辺(みかどべ)をなやめ奉れる罪咎(つみとが)いかに

君臣の道を乱りて大君をしまにはぶりしたふれ北条

「はぶる」は「葬る」で、埋葬する、ほうむるの意

【「他」より】

丁巳正月元日、早に起きいでて礼服を着し、平安城並故国の方を拝して

東路（あずまじ）に年は迎へつしかはあれど都の春にかへしてしかも

【『歌草』より】

花の盛になりしこと

主上御心悩し給ひぬと聞く物から

ことめでし花の盛（さかり）も雲の上の御こゝろ思へばたぬしくもなし

高松藩士長谷川義卿の故郷に帰るを送りし時に贈りたる歌（安政四年十二月十四日）

梓弓引き和かる登茂武夫の津登むる道は登茂爾津登めん

武蔵野の降り津む雪を婦美和計天心清くもかいれよや君

春たちける日

大君のはえの玉垣よろづ代に光も匂ふはるかす美見由

有馬十次郎に与ふ

あづさゆみはる立つ風に大君のみよひきかへす時は来にけり

いつしかと身にしむ秋の風寒むみ千々にこゝろを折く頃哉

鳴神の持てる斧我れ得てしがも醜の醜臣うちてし止まむ

柴山橋口の両士が東に行を送る長歌並短歌（文久二年正月二十四日）

天雲（あまぐも）の向伏す国の丈夫（ますらお）の　思ひ充満（たらわ）す真心は　霞と共に大空に　立渡（わたり）ける
隼人（はやひと）の　はやくも急ぎ鳥が啼（なく）　東（あずま）の国に行向（いきむか）ひ　千々に心を尽しつゝ　荒（あら）び
なす醜の醜臣打払ひ　功業（いさお）立てなむ其時に　我もやがて敷島の　平（たいら）の都に馳
参（まいり）て　錦の御旗大内の　御山おろしに吹靡（ふきなび）かせ　我が大君の大御心　靖奉（やすめまつり）て
大御代の　御代の光りを外国（とつくに）に　弥輝かし常（とこ）しへに　動きなく仕奉（つかえ）らむかも

反　歌

外国（とつくに）も承服（まつろ）ひ奉れ大君の御稜威（みいつ）の光り徹（とお）るかぎりは

伴林光平の歌

ともばやしみつひら

伴林光平

伴林光平　〔文化十年（一八一三）～元治元年（一八六四）〕

文化十年（一八一三）河内国南河内郡道明寺村（現大阪府藤井寺市）真宗・尊光寺の僧侶の次男として生まれる。文政十一年（一八二八）西本願寺学寮に入り仏教を学ぶ。後、薬師寺や法隆寺に苦学し、儒学、国学に進む。因幡国（鳥取県）の神主、飯田秀雄に歌学を学ぶ。その頃、郷里の伴林氏神社に因んで伴林六郎光平と称する。天保十年（一八三九）紀州の加納諸平の門を叩き、天保十一年には江戸の国学者、伴信友を訪ねる。信友から山稜調査の事を依嘱され帰郷、河内国の山稜調査を進める。文久二年（一八六二）『野山の歎き』成る。文久三年（一八六三）二月、朝廷より御沙汰書を賜る。この間、国学者、歌人として多くの門人を得、また志士として大いに天下の諸士と交わる。

文久三年（一八六三）八月、天誅組の義挙に加わり、参謀及び記録係となる。事敗れて囚われ、獄中にて義挙の顛末を記した『南山踏雲録』を著す。元治元年（一八六四）二月十六日、京都の六角獄にて同志十九名と共に処刑される。享年五十二歳。明治二十四年（一八九一）靖国神社に合祀、従四位を贈られた。

詠歌数は研究者によれば生涯六千首は下らないだろうという。掲載の和歌は『伴林光平全集』（佐々木信綱編・昭和十九年）『伴林光平の研究』（鈴木純孝著）に拠る。

【『南山踏雲録』（文久三年十一月十一日）より】

南山に在りし時の事どもおもひいでて一つ二つと詠み添へける歌

雲を踏み嵐を攀(よ)じて御熊野(みくまの)の果無(はてな)し山の果(はて)も見しかな

「南山」は京都から見て南にある山地。奈良、吉野
またその奥地の紀伊山地。天誅組が転戦した場所

南都へ来し路のほどいと暗うて、鬱悒(いぶせ)さ限りなかりければ

闇夜行く星の光よおのれだにせめては照らせ武士之道(もののふのみち)

「鬱悒さ」は、うっとおしいさま

南山に在りける時「有らざらむ此の世の外の心構いかが」など問ふ
人の有りければ

我が霊(たま)はなほ世にしげる御陵(みささぎ)の小笹(おざさ)の上におかむとぞ思ふ

くづをれてよしや死すとも御陵の小笹分けつつ行かむとぞおもふ

「御陵」は天皇又は皇后、皇太后を葬る墳墓のこと

賀名生皇居の地に到り懐舊の情にたへで

宮人の足結触れけむ跡ならし清気に靡く園の篠原

いでましし跡さへみえて秋風になびくも清き苔の簾や

摘みとりて昔を偲ぶ人もなし柴垣づたひ菊は咲けども

大丈夫の世を歎きつるをたけびにたぐふか今も峰の木枯

「賀名生」は南北朝期、南朝が遁れて根拠地とした所。奥地であり、元は「穴生」と言った。

九月九日銀峯山の陣にて

身を棄てて千代はいのらぬ大丈夫もさすがに菊はをりかざしつつ

中山侍従君へよみて奉りける

時の間に荊からたち苅り退けてうずもれし世の道開きせむ

「中山侍従」は中山忠光公、公卿。天誅組の主将。当時十八歳。後に長州に逃れるが、禁門の変の敗北後、恭順派により暗殺される。

北山郷なる巨勢の里にて二天王御陵あり。

みかきもる巨勢やま中の玉椿千代の操は知る人もなし

みやびとの袂ふれけむ當時を汝だにかたれ野邊の王孫草

「二天王」は後南朝最後の皇子となった自天王と忠義王のことと思われる。

十三日夕暮十津川長殿山を越ゆる時

鉾とりて夕越えくればあき山のもみぢの間より月ぞきらめく

熊野の尾鷲わたりの事をききて

翅うつ尾鷲の里の夕あらし音きくさへにさびしきものを

三輪にて

御酒すゑてわれも祈らむ山もとの杉のしるしはよしやなくとも

壮士言志（そうしこころざしをいう）

負征箭（おうそや）のそやとしいはば荒野らの露（つゆ）と砕（くだ）けんことをのみこそ

大塔宮の古事（ふること）など物語るをききて

当昔（そのかみ）をかかげて見べき人もなし夜中の里の夜半（よわ）の灯火（ともしび）

「大塔宮」は護良親王。第九十六代後醍醐天皇の皇子。楠正成公等と共に鎌倉幕府討幕の中心となったが、後に足利直義の手により鎌倉にて殺された。

大方（おおかた）はうはの空とや思ふらむおくれし雁（かり）の心づくしを

南山（なんざん）にありしころ都人（みやこびと）のおとづれをききてよめる歌ども

つぎつぎに雲の旗手（はたて）やなびくらむ幾野（いくの）の里の秋の夕映（ゆうばえ）

畝火山（うねびやま）其のいでましを玉襷（たまだすき）かけてまちしは夢かあらぬか

千世（ちよ）ふべき操（みさお）もしらで呉竹の台（うてな）にさわぐむらすずめかな

「幾野」は但馬国（兵庫県）の天領（幕府直轄領）であった生野のこと。
天誅組の大和義挙に呼応して平野国臣らが挙兵した。畝火山…畝傍山。
初代神武天皇陵がある大和三山の一つ。大和行幸の目的地の一つだった。

（以上『南山踏雲録』）

【『難解機能重荷』（安政五年三月十四日）より】

身に積る賤が歎の荷を重み道のまにまに行き労れなむ

『難解機能重荷』は、孝明天皇の天覧を得た、ペリー来航以来の外交に関する論述

題しらず

払はずば千代の操も埋もれん雪ふりかかる園のくれ竹

我はもや御勅たばりぬ天津日のみこの尊の御勅たばりぬ

黄金もて月日をうちし高旗に靡かぬ国はあらじとぞ思ふ

焼太刀は千々に折れても大丈夫の心一つは砕けざりけり

大和舞はいとやごとなきをり行はせ給ふ朝廷の大御式なりしを、いつばかりより絶えにけむ、今は百五十年ばかり遠つ方、春日社務冨田何某がもとに其の文書等の伝はれるをめさせ給ひて、もとのごと行はるる御世と成ししは実にめでたきことどもなりかし、近頃其の家の主人光美ぬし、其の図かきて已に歌こはれるをばよみてそへたる

末遂(すえつい)に神代(かみよ)にかへせ大和舞(やまとまい)よそになりゆく人の手ぶりも

三月三日外桜田にて云々の事有りけるよしききて

神風の水戸の吹き分けはやければ世の仇波(あだなみ)はをれ返りつつ

安政の頃世を憤りて

大君の御臂(みただむき)くふ虻(あぶ)はあれど蜻蛉(あきつ)はなきか秋津島根(あきつしまね)に

古事記下巻にある故事。雄略天皇が吉野に御狩をされた折、天皇の御腕を虻が噛んだ時、蜻蛉が飛んで来て虻を喰った。

寄艦祝

夷等(えみしら)がおもひふかめて造りつる水城(みずき)も御代(みよ)の衛(まもり)となりぬ

二月十七日夜大隈言道、佐久良東雄、ふる田土子、犬田崎村等をつどへて宴しける時詠める

花もなきやどなりながら言の葉のにほひ満ちたる此の夕かな

攘夷祝といふことを

一文(いちもん)のあめりかせんを打ち破りて江戸わらんべの間食(ひちじき)にせむ

嘉永六年六月二日ばかり異国の船ども相模の浦賀の港へよせきつる由聞えければ

神風の伊豆の海とも知らねばや異国人(ことくにびと)の船ぎほひする

甲寅年（安政元年）試筆に

春かけて来むと言ひけむ夷等(えみしら)に見せばや御代(みよ)の花の盛(さかり)を

アメリカ、イギリス、オロサ、フランス、四ケ国の夷等が願のままに和親通商を許し給ひしよしいひて、人々いかがなどいひあへるころ、都の賀茂に詣でて

うつうたぬ心まどひをすみやすくわきいかづちの神はなき世か

異賊のことどもなにくれと人々のいひ騒ぎける頃

いちはやくひきは放たで梓弓（あずさゆみ）いつまでゆるぶ心なるらむ

祝世

防ぐべき弓さへ箭（や）さへ整ひて仇（あだ）まつ御世（みよ）ぞのどけかりける

御即位ありける頃鶴の渡るを見て

天（あま）つ日の影（かげ）改まる雲の上に八千代（やちよ）と鳴きてたづ渡るなり

祝

君が代は限りも果てもなかりけり巌（いわお）の苔（こけ）はむしもむさずも

【『吉野の道の記』（嘉永三年三月五日）より】

吉野へといざや立まし旅衣いつかと待ちしころもきにけり

吉水院にて

三代(みよ)をへし昔の春も見るべきをみかきの桜とく散りにけり

「三代」は南朝の後醍醐天皇、後村上天皇、後亀山天皇の三代のこと。長慶天皇の即位が認められたのは明治時代

そをだにとをろがむ御衣(みそ)の匂さへ雨障(あまざわり)してみえぬけふかな

延元陵にて

塔(とう)の尾のみはかの桜今もなほはれぬみ霧にやつれてやさく

「延元陵」は塔尾陵とも申し上げる。後醍醐天皇の御陵。如意輪寺にある。

雲井桜

雨はれし宿の木末(こずえ)にぬれぬれて残れる雲は桜なりけり

楠公の御墓にて

跡のこすみはかの松の下躑躅（したつつじ）こがれて咲くもあはれなりけり

楠公…楠木正成公のこと。南朝の忠臣

笠置の里にて

大君（おおきみ）の笠置の山の朝曇り木々の雫（しずく）もかはく瀬やなき

「笠置」は後醍醐天皇が討幕の為に京都を出奔して依った笠置寺のこと

争ひし跡（あと）もなはての松蔭（まつかげ）にいつまで北は吹きすさぶらむ

「なはて」は四条畷のことを指す。楠木正行公（正成公の長男）が戦死した。

八月中頃河内国天野山にのぼりて

あはれにも残る御座（おんざ）や天野（あまの）やま真萩を八重（やえ）の組垣（くみがき）にして

「天野山」は河内国（大阪）にある金剛寺。弘法大師が創建されたと伝えられる。高野山が女人禁制なのに対して、女人高野と呼ばれる。南北朝時代、南朝方の拠点として後村上天皇の皇居ともされた。

（以上『吉野の道の記』より）

万延元年九月五日

さらにまた雲井（くもい）をよじておほきみのすゑのちとせになれもともなへ

【『野山のなげき』より】

覓（と）め行かむ千代（ちよ）の古道（ふるみち）荒れ果てて知らぬ野山（のやま）のなげきをぞする

石河郡なる古陵等拝にものしけるとき、葉室村の古陵に上りてよめる長歌並に反歌

朝宵（あさよい）に　嵐立つなる　山松の　葉室（はむろ）の里の　背峡（そがい）にぞ　山は有りてふ　其の山に　繁（しげ）に生ひたる　樛木（つがのき）の　彌繼々（いやつぎつぎ）に　古（いにしえ）に　国しらしける　皇（すめらぎ）の　神の命の
御陵（みはか）はも　有りとしきけば　古（いにしえ）を　慕（した）ふがままに　小笹原（おささはら）　霧かきはらひ
朝鳥（あさどり）の　朝越来（あさこえき）つつ　山見れば　山は繁（しげ）さび　里とへば　里は荒れけり　問

はむすべ　為むすべしらず　夕星の　かゆきかくゆき　小男鹿の　裏ぐれ居れば　松陰に　鵺はなき　萩の葉に　さ霧はたちぬ　愁痛くも　鳴くなる鳥か　心なく　かくせる霧か　古の　ゆゑよし問はむ　人も逢はなくに

反　歌

秋風は霧にしめりて山松の葉室の御陵とふ人もなし

難波玉造の里なる佐々木春夫がもとより、陵墓巡拝の料にとて、きたへたる刀脇ざしに、黄金とりそへておこせたりければ、おもひがけず、いとうれしうて、

木がくれも匂ふばかりの剣太刀身にとりそへて夜もゆかまし

長野わたりをすぐるほど雪降りければ

埋もれし御陵のあともとめがてら長野のわかな雪に摘まし

和泉国大仙陵は仁徳天皇の御陵なり。樹立ものふり池水さびわたりていと神々しき御陵なりしを、近頃其の木群どもことごとく刈退けて、そじしのから山なせるは何人の仕業にかあらむ、いと悲しうて

神さびし御陵（みはか）の山の巌橿（いつかし）を誰きりとりて薪（たきぎ）とはせし

畝火山のほとりなる神武田をみにものして

跡のこす田づらの浅茅（あさじ）つばらかに昔を語る人もあはぬか

斯（か）くばかりかしこき神の雄武備（おたけび）をただおほかたにききやなすべき

吉野山塔の尾の御陵いたう鳴りはためきけるよしききて

世を歎（なげ）く神のいぶきに吉野山岨（そば）も巌（いわお）もくだけりといふ

いにしへに立ちかへるべきおとすなりいざいさ川の水のしらなみ

述　懐

いたづらに歌をばよまじますらをの心のたけをのべむと思へば

何しかも思ひひがめて異邦（ことくに）のおぞのたぶれをまねぶべきかは

独述懐

くりかへし音にたつれど世にあはぬわが独言（ひとりごと）きく人もなし

山居述懐

落椎（おちしい）のしひても世には朽（く）ちはてじ嵐（あらし）の床（とこ）に身はうもるとも

述懐非一（じゅっかいいつにあらず）

来（こ）し方は夢とばかりに見すててもなほ行（ゆ）く末（すえ）の現（うつつ）をぞ思ふ

述懐涙

丈夫（ますらお）が袖（そで）にせきあへぬたぎつせは何にこぼるる涙なるらむ

教

教(おしえ)にもくさぐさあれど敷島の大和にしては神ならへ人

日

天てらし六合(りくごう)てらします日の御神をがめ人々朝な夕なに

五月二五日懐旧(かいきゅう)

そのかみを思ひ浮べて湊川(みなとがわ)いはきる水もむせかへるらむ

「五月二五日」は楠木正成公が湊川の合戦にて自刃して果てた日

君臣

生みの子のいや八十(やそ)つづき大君(おおきみ)に仕(つか)えまつれば楽しくもあるか

大君のおほみ言葉をかかぶりて吾がゆく道は千代(ちよ)の古道(ふるみち)

「千代の古道」は太古から伝わる我が国の道を尊していう言葉

社頭杉

度会(わたらい)の宮路(みやじ)に立てる五百枝杉(いおえすぎ)かげ踏むほどは神代(かみよ)なりけり

「度会」は伊勢神宮。主に外宮のこと

桜花を乞ひえてまがりにさす

山さくら見るにつけても大内(おおうち)のはなをしぞ思ふ春雨(はるさめ)のそら

「大内」は天皇陛下のお住まい。御所のこと

早春見鶴

大君の千代(ちよ)をあまたに打群(うちむ)れて春告(つ)げ渡る天の鶴群(たずむら)

巌上松

苔むせる巌(いわ)ぞしるらむ神代(かみよ)より根ざしかためし松の心は

石むらに根(ね)ざせる松の心もて移ろふ世にはたたむとぞ思ふ

硯

すれどすれどへらぬ硯をためしにて磨かむものか大和心も

世乱知忠臣

小薄の枯生の中の埋れ松みさをは雪にあらはれにけり

父を偲びて

みのむしの声する園の雨ぐもり我も父よといはぬ日ぞなき

母の霊祭に寄琴懐旧といへる題にて（反歌のみ）

膝の上に我をいだきて養しけむ琴とるからに母ぞ恋しき

今こそあれ我も昔は草枕旅より旅へ十歳へにけり

文久元年辛酉二月寺門をいでて大和国へ移り住みけるとき

本是神州清潔民　　本是れ神州清潔の民
謬為佛奴説同塵　　謬つて仏奴と為り同塵を説く
如今棄佛佛休恨　　如今仏を棄つる仏恨むを休めよ
本是神州清潔民　　本是れ神州清潔の民

文久元年辛酉二月寺門をいでて…この漢詩は、長年住み慣れた八尾教恩寺を去るに当って、「我児芳林」に充てたもの。光平はこの後法隆寺に隣する「斑鳩中宮王府」に仕えた。

二月十日頃吾子芳林が浪花より帰来て、やがてやどを立出とて

さむくとも梅さくのべに寝て行かむわがふるさとは荒果てにけり

かへし

荒れぬとも今宵ばかりはとまらなむ梅咲野辺は嵐もぞふく

芳林（光雄）…光平の長男。大阪の薩摩堀広教寺に仕え、和歌を初めとして父

の薫陶を受ける。父歿後にその志を継ぎ、長州藩に依って維新を迎える。明治十四年三十七歳の若さで亡くなる。光平の漢詩は長男に宛てたものともいわれる。

仰ぎみる御(み)かげしるけし玉簾(たまだれ)の内や神世のむかしなるらむ

有栖川(ありすがわ)千世(ちよ)のすゑまでながらへて深きめぐみは汲(く)まむとぞおもふ

菊の花ざかりに中宮女王へよみて奉りける

のどかにもすめる君かな白菊(しらぎく)の千年(ちとせ)を殿(との)の八重垣(やえがき)にして

中宮女王…中宮寺は、聖徳太子の御母穴穂部間人皇后の御願によって斑鳩の宮を挟んで法隆寺と対する位置に創建された尼寺。後伏見天皇八世の皇孫尊智女王（慶長七年薨）が住職をされてより、尼門跡寺院となり、光平の頃は伏見宮第十九代貞敬親王の御末女で有栖川宮第七代韶仁親王の御姫宮となられた方が御門跡であられた。

夢殿(ゆめどの)の嵐の底にさえとほり暁(あかつき)寒し斑鳩(いかるが)の里

ねになきて身のさむけさをなげきしは夢なりけらしいかるがのさと

京都誓願寺道場張札の中に記せる

事しあらば誰か命を惜しむべき君がめぐみにしげる夏草

大きみのしこの御楯と身をなさば水漬く屍もなにかいとはむ

日の御かげてらすとすれど中空に恠しき雲の立へだてつつ

級戸辺の息吹の風に中空のあやしき雲もいまかきゆらん

武蔵野を先づ靡かせし神風は西の国よりふきそめにけり

さくらたの雪と消ぬれど香ぐはしき名は万代に朽ちせざりけり

国のため命死にけるさくらだのますらたけをの利心あはれ

京都誓願寺云々…藤本鉄石と相計り「天下之義士党」と題する檄文を掲げた中に記された和歌

自然戦死いたし候ハバ御手向下され度ク苔の下より御礼申シ上グ可ク候

ますらをの屍(かばね)草むす荒野らに咲きこそにほへ大和なでしこ

永訣書に

父ならぬ父を父とも頼みつつありける者をあはれ我が子や

信丸殿　魂ハ高天原に在りて金石不砕、又此世にうまれて再開せん

「信丸」は光平三男。義挙後、郷里に脱出してきたとき、知人に吾子の後事を託した金子三両に添えた歌文。父の後を継ぐと嘱望されたが、光平処刑の翌年、慶応元年十四歳で早世

囚中の作

つながるるひとやのそとのあらがきにむすびそへたる今朝(けさ)のあさ顔

京都六角獄にて

武士(もののふ)の弓矢の花は咲きにけり都の風に散るぞうれしき

京に於て誅せらるるとき

君が代は巌（いわお）と共に動かねば砕（くだ）けてかへれ沖（おき）つ白波

平野国臣（ひらのくにおみ）の歌

平野国臣

平野国臣 〔文政十一年（一八二八）～元治元年（一八六四）〕

　文政十一年（一八二八）福岡藩足軽平野吉蔵能栄の二男として生れた。十四歳の時に小金丸彦六の養子となり、二十一歳で結婚し一男二女をもうけた。幼時より聡明、邁往の気象があり、儒学を亀井暘洲に、国学を青柳種春に学び、和歌、書にも優れ、武家の故実にも詳しく、剣術以外にも杖術や拳法も熟達した。二十六歳で京都の皇居を拝して感激、安政二年（一八五五）には長崎に出役して時勢を案じた。安政四年、決する所があり妻子を離別して実家に復帰。藩主黒田長溥の駕に直訴建白せんとしたが失敗、翌年遂に脱藩上京して梅田雲濱や頼三樹三郎と往来し画策した。安政の大獄に当っては追捕を逃れ、月照を伴って薩摩に入るが、国臣の目の前で月照と西郷は薩摩湾に身を投じた。二人を救うも月照は蘇生しなかった。

　桜田門外の変の後は肥後・筑後・佐賀など各地に出没し尊皇の大義を説き、同志を糾合した。真木和泉守とも心交を結び真木は国臣を「禁闕を慕ふ事第一等の人」と称した。目指す王政復古は雄藩の奮起に拠るしかないと考え、天草潜伏時に「尊攘英断録」を著して三度薩摩に入り藩庁に提出した。文久二年（一八六二）島津久光の上京に期待して京に登るが寺田屋の変の結果、国臣も捕えられ福岡の獄に入れられた。翌年、朝旨により解放され八月京都の学習院出仕となり大和行幸の供奉員にも列せられた。天誅組の挙兵に際し、朝旨を奉じて鎮撫に向ったが既に遅かった。京都では八月十八日に政変が起り、大和行幸は中止となる。国臣は大和五條の挙兵に応ずべく同志と但馬生野に挙兵。事成らずして捕えられて京都の六角獄に投じられる。獄中、同囚の為に『神皇正統記』を講じた。翌元治元年（一八六四）七月二十日、禁門の変の最中に在獄の同志と共に斬られて亡くなった。享年三十七歳。明治二十四年正四位が贈られた。和歌と共に論策も多数著している。『平野國臣傳記及遺稿』があり、掲載の和歌はそれに拠る。

孝明天皇御製「澄の江の水に我身は沈むとも濁しはせじな四方の国民」といふを謹写しまつりて其の奥に

斯(か)くばかり悩める君の御(み)こゝろを休めまつれや四方(よも)の国民(くにたみ)

安政五年七月十一日神宮法楽の孝明天皇御製「すましえぬ我身は水にしづむとも猶にごさじな萬くに民」の伝聞か。

菊池武時朝臣の義勇を仰ぎて

天皇(すめらぎ)のみ盾となりて鬼だにも取りひしぎけむ物部(もののふ)天晴(あわれ)

「取りひしぐ」は「取り拉ぐ」で、つかんで押しつぶすの意

菊池武時朝臣の節義を感じて

天皇の勅語(みこと)畏み頓(やが)て先節操(まずみさお)をたてし人は此(この)ひと

肥後より帰る途すがら十月朔(ついたち)久留米にて高山彦九郎の墓に詣でて

一筋におもひしみちはさりながらまだき時よはせむすべもなし

よしやその時こそいたらねますらをのすてし命は大君のため

おほけなや王をうやまひ夷らをはらはんとつねに思ふ此の身は

「おほけなや」は、身分不相応である、畏れ多いの意。この和歌は『平野國臣伝記及遺稿』には掲載されていない。

「杖棒考証」（安政五年）によせて

疵つけず人をこらして戒むる教えは杖のほかにやはある

国臣は福岡藩に伝わる神道夢想流杖術を修し「杖棒考証」を著した。国臣の父の平野吉三能栄は杖術の春吉師役を務め、弟の平野三郎能得も免許を得て、杖術を後世に伝えている。（『天真正伝神道夢想流杖術』より）

万延元年春桜田の変報を聞きて

神風を何疑はむ桜田の花咲くころの雪を見るにも

ある時よめる

力ありわざありとても何かせむたのまんものは心なりけり

文久元年（※神武建国と同じ干支・辛酉）肥後松村大成の家にありて元旦を迎へ

いくめぐりめぐりて今年橿原の都の春にあひにけるかな

真木和泉守に贈りし書のおくに

雪の下にふゝめる梅を春風の誘はゞなどかひらかざるべき

「今楠公」と呼ばれた久留米水天宮祠官の真木和泉守は久留米藩政改革に敗れた後、水田の山梔窩に十年も幽閉されていた。国臣は和泉守に脱藩蹶起する事を訴えた。

文久元年薩摩に行きける時

一筋に思ふ誠のかよはめや薩摩の関はよし鎖（とざ）すとも

文久元年薩侯に上（たてまつ）りし尊攘英断録の奥に（二首の内一首）

舟となり轅（ながえ）となりて大王（おおきみ）を弼（たす）け奉らせ大丈夫（ますらお）の君

また薩侯に上りし書のおくに

春ならで先づ咲く梅の一枝(ひとえだ)のまたき色香(いろか)は知る人ぞ知る

尊攘英断録を薩侯に上りけるに其の策取り用ゐられぬをなげきて

我胸のもゆる思(おもい)にくらぶれば煙はうすし桜島山

鹿児島にありける程ある時

か丶る世にか丶る魂をもたる身の吾(あ)れしも神の心なるらむ

月照の墓にまうで丶

ながらへばかにかく命あるものを過ぎにし人の心みぢかさ

しからずも死ぬるも同じ大王(おおきみ)の御国(みくに)の為に尽すこ丶ろは

国臣は西郷隆盛と謀って、安政の大獄で追われた僧月照を薩摩に逃れさせ自らも同伴した。しかし、薩摩藩は月照を護らず、僧月照と西郷隆盛は薩摩湾で入水自殺を図る。同舟の国臣は驚いて二人を捜し引き上げた。月照は蘇生しなかったが西郷は奇跡的に生き返った。

文久元年のくれに

なげきつゝ今年もくれぬ御心(みこころ)のやすけき春をいつかむかへむ

文久二年春薩摩人におくる

天地(あめつち)も動けと思ふ真心にあにさつ人のおどろかめやも

培覆論(ばいふくろん)のおくに

すめらぎは神にしませば内外(うちそと)の醜(しこ)のえみしらたちむかはめや

情人におくる

ますらをの花さく世としなりぬれば此の春ばかり楽しきはなし

数ならぬ深山桜(みやまざくら)も九重(ここのえ)の花のさかりに咲きは後(おく)れじ

文久二年三月上国に向はむとして豊後岡の小河弥右衛門を訪うてよみける

数ならぬ草の下葉の露の身も死なばや死なん大王（おおきみ）の辺（へ）に

文久二年四月　朝廷にもの上りける時

天津風（あまつかぜ）ふけや錦のはたの手に靡（なび）かぬ草はあらじとぞ思ふ

【文久二年四月から三年三月の福岡獄中での詠草（「囹圄消光」（獄中捻紙にて作りし歌稿）その他より】

尽さんと思ふ誠のあだとのみ成行（なりゆく）よこそうたてかりけれ

「うたてし」は、嘆かわしいの意

よにたぐひあらじと思ふ寂しさはひとやの内の雨の夕暮

「ひとや」は人屋・獄で、牢屋・牢獄の意

年老し親のなげきはいかならん身はよの為と思ひかへても

国のためよの為なればいかにせんゆるし給ひね年月のつみ

聞(きこ)ゆべき人しあらねば大王(おおきみ)は雲井に独り物おぼすらん

大内のさまを思へばこれや此(この)身のいましめのうきは物かは

えみしらとしるきえみしの外に又国のえみしも有(ある)世なりけり

とらはれの身と成ながら天地(あめつち)に恥ぬ心ぞ頼(たより)なりける

行末のおもひやられて命だにあらばと神に身を祈るかな

けふかゝる身となるまでも尽してぞ益良男子(ますらおのこ)のかひは有べき

雲井にも翔(かけ)る心はおくれねど籠(こ)にある鷲(わし)の身をいかにせん

ひたぶるに思ふ心のかよへばや都に遊ぶ夢をみるらん

我(わが)心岩木ならねば世の為に捨(すて)し妻子(つまこ)を思ひ社(こそ)やれ

よの為に捨置(すておき)しかど年経ても忘れぬものは我子なりけり

いとをしみ悲しみ余り捨し子の声立(たち)聞きしよはも有けり

八月十七日母人身まかり給ひしよしをきゝて

霜雪に犯されなとて打着せし衣ぞ母のかたみなりける

綿厚き衣も母の言のはも忘れがたみとなりにけるかな

敷島の大和錦の旗かぜになびかざらめやしこえみしぐさ

「神風や大和にしきのはたの手になびかざらめや醜夷草」と記した歌もある。

よみがへり消(きえ)かへりても尽さばや七たび八たびやまとだましひ

みよの為(た)めいかにつくさばたりぬらん命はものゝ数ならぬみを

砕けても玉とちる身はいさぎよし瓦とともに世にあらんより

君安く国さかへよと朝夕にいのるこゝろは神ぞしるらん

よの為に捨てし身なればある時は又世の為にをしまれもせり

我ばかりつくす人だにすくなきをおもへばたふと君が世の為

折ふしに心ののりとなるものは君のおしへしちゞのことの葉

なげきてもなげきても又嘆きても我真心（わがまごころ）をしる人のなき

誰（た）が為に尽（つく）しの国の君ならんつくさせ給へ天つみかどに

福岡藩は筑紫にある。筑紫の国を「尽しの国」と読んで、藩主に勤皇を訴えた歌

春秋のみゆきも絶（たえ）ていたづらに匂ふ都の花もみぢ哉

つくづくと身のこしかたをおもふにも危（あやう）かりけることのみにして

青雲のむかふすきはみ皇（すめらぎ）のみいつかがやくみよになしてん

君がよの安けかりせばかねてより身は花守（はなもり）となりけんものを

山守（やまもり）とならんにかたき我身かは世を嘆けばぞうきめをもみる

かゝる世に生れあはずば大丈夫（ますらお）の心を尽すかひなからまし

春の日の長き日ぐらしながむれどあかず嬉しき山桜花（やまざくらばな）

よしや身によの浮雲（うきぐも）のかゝるとも動かぬ山の大和玉（やまとだま）しひ

曇りなき心の月を世の中の浮雲いかでおほひはつべき

大内の山のみかまぎこりてだにつかへまほしや大君のへに

「大内山」は皇居・内裏の事。「みかまぎ」は「御薪」、社寺に奉納する薪の意

ものゝふの尽すまことは紅葉（もみじば）の散りての後のにしきなるらん

えみし草茂りて道はあれぬともふみなたがへそますらをの道

今更に何か惜（おし）まん大丈夫（ますらお）のもとより君にさゝげぬる身は

今もなほ幼心（おさなごころ）のうせもせず星まつる夜ときけばゆかしき

（以上「囹圄消光」）

「神武必勝論」のおくにかきつけたる歌のうちに

わき出るこゝろのそこは浅くとも岩間の清水くむ人もがな

朝廷の内旨により出獄をゆるされ其のありがたさに（文久三年三月）

たち茂る草の葉末の我身までめぐみの露のかゝる嬉しさ

国のため八年身をすてつくせしが今その甲斐はあらはれにけり

文久三年六月藩命をもて京師に上らむとして

海山にひそみし龍も時を得てけふは雲井に立のぼるなり

将に京師に上らんとして望東尼を平尾山荘に訪ひ、別を叙べけるに、望東尼が「嬉しさと別れ惜しさのいかなればひとつ心におもひわたらん」とよみしかへしに

嬉しさと別れをしさはへだつともおもふ心をいかでへだてん

出発せんとして

ありあけの月もろともに立出（たちいず）るけふの旅路はあかるかりけり

数ならぬ身は山風となりてだに御光（みひかり）かくす雲をはらはん

述　懐

いま暫（しば）しまてや都の花紅葉みゆきある代となさでやむべき

寺田屋事変に斃れたる人々の墓を弔ひて

あだなりと人はいふとも山桜散るこそ花のまことなりけれ

大和伊勢行幸おほせ出され、供奉（ぐぶ）のみことうけたまはりて（文久三年八月十三日）

さゝらがた錦（にしき）の御旗（みはた）なびけやとわが待つことも久しかりけり

「ささらがた」は「細形」で、細かい模様の織物、錦にかかる。「錦の御旗」は鎌倉時代頃から、朝敵討伐の際、官軍の標章として用いられた。

山中成太郎の家にて中村啓蔵、中村円太等と但に、仲秋の月を賞して

思ひきや去年(こぞ)は獄屋(ひとや)の中に居(い)てこよひ都の月をみむとは

長門に下られける七卿の跡を慕ひてよめる

吹きおくる長門(ながと)の浦のあさ風にかさねてにほへ九重の花

望東尼に贈りし書の奥に

幾度(いくたび)か捨(すて)し命のけふまでものこるは神のたすけなるらむ

いひやらむ言の葉草は繁けれど筆には得こそ尽さゞりけれ

「言の葉草」を「この葉数」と書いてある歌も有る。

鷹取養巴等に贈りし永訣状のおくに

大王(おおきみ)にさゝげあましゝわが命今こそ捨つる時は来にけれ

生野を去る時

生野山まだ木枯も誘はぬにあだし紅葉の散り散りにして

わが命あらむ限はいつまでもなほ大ぎみのためにつくさん

弓は折れ大刀は砕けて身は疲る息つきあへず死なば死ぬべし

横田友次郎に遣はす書の奥に

今さらにわが身惜しとは思はねどこゝろにかゝる君が代の末

豊岡獄中にて元治元年の春を迎へて

大王の御為めといふもおほけなや尽しがひなき数ならぬ身は

姫路獄中盗と共に籠められて、いとはしたなみ恥かしめられ、人々
たへかねていろいろ恨をいひける時

菰きても網代にねても大丈夫の日本魂なに穢るべき

湊川を過ぎて

亡き魂もあはれと思へ湊川きよき流れの末をくむ身は

京都に入りて

いかならん身の行末は知らねどもけふは都に先つきにけり

京都獄中

あしたづの翼ちゞめて籠にあれど雲井を恋はぬ日はなかりけり

「あしたづ」は「葦田鶴」、鶴の異名

数ならぬ身にはあれども願はくば錦の旗のもとに死にてん

ともすれば憂目みる哉世の中の誠をつくす人のならひに

わが魂は但馬の国の神となりて大ぎみまもる人をたすけん

わたくしの身の為めにせぬ事ぞとはかねて知るらし天地の神

与力同心など数多して生野の事の始末問ひける序に梅の花乞ひける時よみて出しける

心あらば春のしるしに人知れずひとやにおこせ梅の一枝

隣房の伴林六郎より「梅の花色をも香をも知る人のなしと知ればやつれなかるらん」「此頃の風の便をしるべにてこゝにもかよへねやの梅が香」といひおこせるかへし

いかに吹く風や隣につたへけんひとやのうちに秘めし梅が香

如月十六日大和にて事挙げしたりし人々首刎ねられければ（七首中五首）

たぐひなく珍らしかりし初花をつれなく誘ふ比叡の山風

吹きおろす比叡の嵐のはげしさに若木の桜散りも残らず

亡き魂のよそにな行きそ九重に八重に花さく時もあらなん

天地の神もあはれと思へばや晴れたる空の雨となりけん

いくさ神の惜みたまはん大丈夫かおもひのほかの死出のたびたち

同じ時よめる

大丈夫の心の花は咲きにけり散りても四方に香は匂ひつゝ
やがて行く道と思へばさしてまたさきだつ人は嘆かざりけり

ひそかに百合の花を恵まれければ

名にめでゝいと懐かしく見ゆるかなやさしく咲ける姫百合の花

辞世

みよや人嵐の庭のもみぢ葉はいづれ一葉も散らずやはある
ものゝふの思ひこめにし一筋は七代かゆともよし撓むまじ

野村望東尼の歌

のむらもとに ぼうとうに

野村望東尼

野村望東尼〔文化三年（一八〇六）～慶応三年（一八六七）〕

文化三年（一八〇六）、福岡藩士浦野重右衛門の三女に生れ、名は「もと」。二十四歳で同藩士野村新三郎貞貫の後妻となる。二十七歳の時夫と共に大隈言道の門に入り和歌を学ぶ。四十歳の時家督を子に譲り、福岡の城南平尾山に別荘を建てて移り住むも夫に死別すると博多の明光寺で得度を受け髪をおろし望東尼と号す（五十四歳）。文久元年（一八六一）五十六歳の時永年の夢であった上京の途に就く。途中金比羅宮、楠公の碑に詣で大坂で言道を訪う。京都では尊皇攘夷運動のめざましさに接し帰国後は積極的に勤王志士と交わり、尼のいる平尾山荘は志士の会合場所となる。慶応元年（一八六五）藩内が佐幕派に牛耳られると尼も閉門の身となりやがて姫島に流され、翌年高杉晋作の指示により救出されるまでの約一年間四畳ほどの獄舎に在る。救出された後下関、山口と同志たちの世話になる。慶応三年（一八六七）九月、薩・長・芸の討幕挙兵密約が成立、長州藩の出征を送らんと三田尻に出、宮市天満宮に七日の断食祈願後病を得て同志たちに見守られる中六十二歳で逝く。明治二十四年正五位を贈られる。掲載の和歌は佐々木信綱編『野村望東尼全集』に拠る。

言道大人を吾が歌の師とたのみし時初によみたりし年のはじめの歌

たゞ一夜わがねしひまに大野なるみかさの山は霞こめたり

「言道大人」は大隈言道。二十七歳の時、夫と共に入門

水上花

わが宿のかけ樋の水に流れいづる花はみ山のさくらなりけり

夏のはじめ

時鳥聞きつと人のいひしよりまどろび難くなりにけるかな

天保八年の春のはじめに

ひととせの暮れ行くよりも惜しきかな春のはじめの一日二日は

きさらぎ十日母君のいたくわづらひ給ひける時の命乞の願果たすとて三笠の御神に千たび詣をしける時（三首の中に）

梅の花匂ひや袖にとまりなむ千度木の間を行きかよふまに

いたくわづらひける頃何処の花もはや散りなむと人のいひければ

誰が里の花も散りぬときこえ来ば何を力に起き出でなまし

うまれける子のほどなくみまかりければ

たゞ一夜世にあらむとて生れいでしこは何事のむくいなるらむ

世の中みだれがほなる頃

かはりゆく時世のさまもよそにして咲きもなづまぬ花桜かな

貞貫君夜深く帰り給ひし衣どもとりて

帰り来て君がぬぎます衣手に夏の夜深き露を知るかな

貞貫君…望東の夫

初　雪

待たれつるしるしばかりのはだれ雪降るかと見ればさす日影かな

今年（嘉永六年）八月ばかりに相州浦賀といふ所に異国船ことありげに来たりとて国々の守を大江戸よりめし給ふとて公にも上らせられける頃いと騒がし少し静まり方なるにはた長崎にも同じさまの船来りしとてこたびは若殿かしこに出で立たせ給ひけるなど上を下にと騒ぎあへるに人々あわてたり

こと国の船はうき世の浪立てていどみ顔にも打ち寄せしかな

安政二乙卯十月二日の夜に大江戸大地震にて大殿を初めまゐらせ国々の守の御家居御社寺々人の家はいふも更なり倒れふしあるは焼け失せなどして焼け死にうたれ死にたる人幾万ともいふばかりもなしとこと〳〵しういふ世のさまなれば聞き伝ふるだにかしましかりける頃

平らけき道うしなへる世の中をゆり改めむあめつちのわざ

貞和がこの年月手足のいたづきにてよろづふつつかなるをはじらひて外に出ることも厭ひ顔なるを諌めて

ゐざりても心かた羽になかりせば弓矢とる身に恥づる事なし

「貞和」は望東尼の孫。十一歳で父の遺跡を継ぐも、手足麻痺せるを以て二十二才で家を弟の助作に譲る。

安政四年の八月十五日に大隈言道の大人都に上らむと俄に思ひ立たれければとどむべきことにもあらずわりなく別れすとて同じく十六日にわが庵に迎へける時

わが心いへば数なり思はなむよし思ひてもたへて忍ばむ

さてその日になればかしこに行きて送りすとて

たひらかに帰り来ませといふまにもわが命さへかつ思ふかな

鶴

人きぬといはぬばかりに我を見て友に目くはす小田の鶴群（たずむら）

十二月二日（安政五年）の夜ばかりに大地震七度ばかりゆりければ

いかならむ方に此世をゆりかふる天つ御神のみわざなるらむ

天地の神の心やさわぐらむ秋津しまねの道のみだれに

貞貫の君の病こそのまゝにておはしたりしに七月はじめよりおどろ〳〵しう見え給ひて末つ方いと心細げになり給へば夢うつゝともわかであかし暮しける頃

初秋の風に吹かるゝ燈火の影もこゝろも細る夜半かな

二十八日（安政六年七月）といふ日つひにはかなくなり給ひたれば物もおぼえずくれ惑ひたるをうまごどもが住める家まで生き給へるさまにして人々具し行くもいとわりなし

打群れて庵はいづれど君ひとり帰らぬ旅となるぞかなしき

諸共にながき病に臥せる間は我もやさきとおもひしものを

かくて彼処に行き野べ送りなどものするもいとわづらはしきこと少なからず七日のとぶらひはてて八月九日に明光寺宮道法師の引導をうけて髪をおろしける時よみてまゐらすとて

老らくのたづ〳〵しくはあらめども惑はぬ法（のり）の道しるべせよ

やう〳〵十月末つ方我が庵に帰りて

狭しとて二人住みにし伏庵のかたはら広くねたるひとり身

「伏庵」は低くて小さい家

三月三日（万延元年）大江戸桜田にて水戸十七士大老を御代のみ為にうちしより世の中俄に騒しくなりくる頃

さばかりはいかでと思ふ世の中の驚くばかり変り来にけり

世のさまあぢきなかりける頃

消えもせず燃立ちもせで蚊遣火の烟いぶせき世のけしきかな

かくれが

世の中のうさも聞えぬ隠れがは夏さへ知らぬ松のしたかげ

月

照る月はこゝろを洗ふ水なれやむかへば垢もさる心地して

貞貫君の一めぐりのとぶらひして在りし世の事ども人々語りあへる時に

ともすれば君がみけしきそこなひて叱られし世ぞ今は恋しき

姫島のみまもりに行きてありける弟彼処にてことしみまかりぬと聞きて

我に来といへば行かむと契りにしその日ぞつひの別なりつる

「弟」は桑野喜右衛門。姫島の定番（罪囚の監督）として赴任

「いはがねも砕けざらめや武夫の国のためとて思ひきる太刀」とい

ふ歌を有村うしが詠みてうち死せしよしをききて

いはがねの砕けてもなほさめやらぬ夢の行末思ひこそやれ

「有村うし」は有村次左衛門。桜田門外の変に加わる。

若き女のいましめになる歌をとて人のこひければ

一すじの道を守らばたをやめもますらをのこに劣りやはする

（以上『向陵集』）

【『上京日記』より】

幼なかりし頃より、一たびは百数の大宮を拝し奉り、ついでに都の花紅葉名所古跡をも見ばやと常に忘るゝ時もなかりけり。（中略）いかなるそらごとしたる人かありけむ、都にゆかば二たび帰らじなどいひて、うからやからとどめければ、とかく物かしましことの多かり。

たましひも老のほね身も砕くまでかひなきことを思ひたちけり

昔より千たび思へど一たびもまことなしうる時のなきかな

貞和が花は都にかぎらぬを君が旅路のあやしまれぬるなど（云ふを聞きて）

一たびは都の花を見るべきの老のひがごとゆるせ家人

兵庫の湊にあがりて楠公の石碑にまゐりて

かしこしとぬかづくうちもわが袖のみなと川水せきぞかねける

十二月七日（文久元年）舟はてて、あくる八日、いそぎ大隈言道大人のもとにゆく。嬉しさいふばかりもなし。（後略）

山かげを遠くいできてうちつけに都の宿の冬ごもりかな

やむごとなき殿のみ垣のうちに冬梅のさけりけるを見て

九重を十重にめぐりてまだきさく梅のひとへをみそめつるかな

都にて春を迎へて

老ひはてヽ世にあるかひと思ふかな都の宿に春を迎へて

御所拝観の折

白妙(しろたえ)のみのしろごろも見るばかりけふ九重にふれる初雪

しな高き限りを見ればあまざかるひなのひな人ちりほどもなし

上加茂にまゐる。下上いづれともわかず尊し。（中略）いは走る水のけはひなど物ふりて殊に尊し。

水きよき加茂の川しも川かみにうべもしめゆひませる神垣

「うべ」はむべの古名。アケビ科の常緑蔓性灌木

木立のひま〳〵によべふりける雪のむら〳〵残りたりければ

さきそむる梅にもまさるけしきして齋垣(いがき)に匂ふ春のあわ雪

（以上『上京日記』）

大御世の忠臣平野国臣といふ人おのが国の君の御為とて身をつくしてさることをきこえあげしを世のそねみありて中々に人やにとりこめられてありける頃さるたよりして遣しける

たぐひなき声に鳴くなる鶯は籠(こ)にすむ憂き目見る世なりけり

かへしとて墨筆もなければ紙捻(こより)して紙に文字を張りつけてぞおこせける、その歌

「おのづからなけば籠にもかはれぬる大蔵谷の鶯のこゑ」

国臣といふ人おもき仰ごとかうぶりて都に上る時別るとて来りし時
庵の戸さしいでてあらざりければ（中略）あくる夜に来りければ夜
もすがら別の歌どもものしけるついでに

埋もれつる日かげのかづら雲居までのぼるはじめぞ嬉しかりける

などいひしをき丶国臣が「海山にひそみし龍も時を得て今は雲ゐを
かけてこそ行け」といへるは我が歌なめしげになりぬほひかなひて
行く旅ながら別れむこともさすがにいとをしくて

嬉しさと別れをしさをいかなれば一つ心におもひわくらむ

また国臣が「忍びつ丶旅立ちそむる今宵とて山かげ深き宿りをぞす
る」といひ出でたれば

ひとすじにあかき道ゆく中やどにかして嬉しき山のあれ庵（いお）

あかつき方に出立つ時に

をしからぬ命ながかれ桜ばな雲居に咲かむ春を見るべく

このみ

数ならぬこのみは苔にうもれても大和心の種はくたさじ

たましひ

誰か身にもありとは知らでまどふめり神のかたみの日本魂（やまと）

題しらず

久方の照る日の本のうき雲を吹きはらひませ伊勢の神風

谷梅といふ人世を憚りてありけるに

冬深き雪のうちなる梅のはな埋れながらも香やはかくるゝ

「谷梅」は高杉晋作の変名、谷梅之助

谷梅ぬしの故郷に帰り給ひけるに形見として夜もすがら旅衣を縫ひて贈りける

まごころをつくしのきぬは国の為たちかへるべき衣手にせよ

寄レ糸述懐

くれなゐの大和錦もいろ〳〵の糸まじへてぞ彩は織りける

ひら田某が対馬のあたをたひらぐとて門出する時にさるべきたよりに遣すとて（三首の中に）

武夫（もののふ）のつしまの波の先駆に老もこゝろはおくれざりけり

対馬藩の平田父子を山荘にかくまう

谷の梅といふ人国のあたを平らげたりと聞きて

谷深くふゝみし梅の咲き出づる風のたよりもかぐはしきかな

「谷の梅」は谷梅と同じ

六十の賀をうからやからしてものしけるよしきこしめして宰府にましますの五つの御方々より御歌賜はりける中に三条実美卿の御歌に「すべ国の正しき道を踏む人は千歳の坂もやすくこゆらむ」とのたまひ下し給ひたるをかしこみ奉りて

まどひつゝ老の坂道のぼり来てたゞしき道となるぞ嬉しき

孫の助作藩命により五卿の接待役にて側近くにおり、尼との面会の労を取る

（以上『向陵集』他）

【『夢かぞへ』『姫嶋日記』より】

うき雲のかゝるもよしやものゝふの大和心のかずに入りなば

福岡藩内の勤王派弾圧の時、孫の助作と共に自宅謹慎を命じられる時詠める

ひとたびは野分の風のはらはずは清くはならじ秋の大空

世にありてかひある人にかはりなば今も惜しまぬ老が命ぞ

つひに居待の月もろともに、家をいづるとき。ゆゑある扇のありけるにかいつけて、柱にかけて、わかれす。

かえらでも正しき道の末なればたれもなげくな我もなげかじ

監視が一段と厳しくなり尼を実家の浦野家に移し助作と居を別にされる。家を出る時扇に歌を書きつける

もの〻ふのおもにの罪を身一つに負ひてかろくもなる命かな

きられてもほ〻ゑむ瓶の梅の花さてこそ人もあらまほしけれ

流さる〻われな思ひそ君が身をまもりて国を猶まもれかし

住みそむる人やの枕うちつけに叫ぶばかりの波の声かな

人や…牢獄

こ〻の事どもとりまかなへる人、たばこの火を忍びておこせたればいと嬉しく、その光して心あてにものども書いつくるあひだに、はたこと人のいと〳〵忍びて、蠟燭をおこせたりしがいみじく嬉しくをがみもしつべし。

暗き夜の人やに得たるともしびはまこと仏の光なりけり

いとひにしすきまの風もいくすじか身をいるばかりいる人やかな

ことわけていへば鼠も知り顔にしづまる見れば心ありけり

いみじうさむきあしたに、あまの女が、いさゝかの火をもて外より
袖ども暖めさすれば、ふしをがみつべし。

暖むる袖より胸ぞこがれぬるあまが心の深きおき火に

梅の花いぶせき閨に折られきてむせぶばかりもくゆるなるかな

年もはや、ひと日、ふた日になりしこそ嬉しけれ。

手を折りて春待ちかねしむかしべのわらは心地にまたなりにけり

年さへもくるゝ人やのくらがりを心あかすも照らす燈火

藤子がかたより、年を祝へとて酒さかななどおこしたれば、

情ある人の心のひとつきに憂き身忘れて送る年かな

「藤子」は食事の世話などした娘の一人

流れこしうき身忘れて迎へてむいづこも御代の春ぞと思へば

浦人どもがこゝかしこより年のかゞみもちひなどおこしたるを、

島人の情の数も身の憂さもつみ重ねたる年のもちいひ

故郷の春やいかにと思ふこそ今年の夢のはじめなりける

世の中もかゝれとぞ思ふ夜一夜に荒磯（ありそ）の波も凪（な）げる初春

春きぬと心許すな居眠（ねぶ）りのひまにも嵐吹く世なりけり

灯無き人やに住みて昔より親しみまさる夜半の月影

春雨の淋しき夜半もうまいして朝寝（い）するまで馴れし人やか

又此処にすみなむ人よ堪へがたくうしと思ふはつかばかりぞ

うまごどもに、今一たび逢はまほしさのみやみがたく、法の道にもいたくそむけりとこそ、うたて心のくまなりけれ。

いましめの絆（ほだし）の綱にまさりても心にかゝる家のうまごら

一日鳴きつる鶯を、人の銃にて撃ちしかば、今はくるもあらじとい
と悲しゅ思ひたりつるに、今日おなじ所に声の聞えたれば、

うたれしを見て嘆きつる鶯の子かおとゝひかあはれ鳴くなり

「おとゝひ」は弟兄。兄弟・姉妹

そのまゝになれて嘆かじ鶯の声きくまこそ春心地すれ

やるかたもなげなる胸のうきなみをなき静めたる鶯の声

筆と紙すゞりうみ山百千鳥(ももちどり)文にまぎれて住む囚(ひとや)かな

いとせめて書くも甲斐なし法(のり)の文よみがへりこむつてならなくに

「法の文」は血書の般若心経。先立てる月形洗蔵初め同志の冥福を祈る
べく、自ら茅(かや)で切り老血をもって書きしもの。和歌を添え遺族に贈る

歌なくば何に流さむゆくへなくなづむこゝろの水のうき草

（以上『夢かぞへ』『姫嶋日記』他）

【『防州日記』より】

小田村大人に

いつしかと吾が待ちわびしたづむらの声を雲居にあぐる時きぬ

小田村大人…素太郎（楫取素彦）晋作歿後尼は一時山口の小田村家の世話になる

山田大人いくさづかさをしてゆかるゝを

御代の為いくさひきゆく物部に老が心もたぐへてぞやる

山田大人…市之丞

この周防の殿のながく世にふたがれおはしますなんまことにすべ国のみ光絶えぐ〳〵なるを、こたびさるあたをほろぼさせ給はんとてあまたの軍士をむけ給ふ事、やをら待ち得たる嬉しさのあまりにあまの身にすらかくうかれいできにけりと思ふにつけて

野も山もますほのすゝき穂にいでてさかゆく世にもあればこそあへ

今日をはじめとして、七日まうでを物しけるに、一日に一歌を手向け奉りける（中略）三日めの日

御代を思ふやたけ心の一すぢも弓とるかずにいらぬかひなさ

宮市天満宮に倒幕戦勝の祈願をし七日間断食、一日一首を手向ける

四日め

梓弓引く数ならぬ身ながらも思ひいる矢はたゞにひとすぢ

五日め

みちもなく乱れあひたる浪華江（なにわえ）のよしあしわくるときやこの時

九月十二日、山口にまだすみける時、小田村久子の君がもとにて

世のうさをなげきあひぬる友がほになくね悲しききり〴〵すかな

「小田村久子」は素太郎の妻寿子。吉田松陰の妹

三日（十月）には光明寺に行き、山田ぬしをともなひ、桑野山にのぼりて、勤王諸有志の墓にもうでて

君がため身をくたしてぞくちやらぬいはおにきよき名はとゞめける

ものゝふの君にさゝげししかばねの朽ちてぞくちぬ名をしるしいし

やう〳〵神無月六日の夕つかた薩摩船、上（かみ）の関にいりぬとて、人々いひさわげば、このほどのうきもゝ（マヽ）なごしがほなりや。

まち〳〵しかひもありそにいざ行きてまづあふがばや薩摩おほふね

辞世

花浦の松の葉しろくおく霜ときゆればあはれ一さかりかな

「花浦」は終焉の地、三田尻の異名

霜月朔日、小田村氏細君へ

わが為に遠き山坂こえてこし心おもへば涙のみして

同二日山口へかへらるる暇乞に参られし時

露ばかり思ひおく事なかりけり終(つい)のきはまで君を見しかば

竹田祐伯君に遣すとて

思ひおくこともなければ今はたゞすゞしき道にいそがせ給へ

「竹田祐伯」は山口藩から遣わされた侍医

竹田君山口へかへるとて暇乞に見えたる時

冬ごもりこらへ堪(こら)へて一時(ひととき)に花咲きみてる春は来るらし

（以上『防州日記』）

橘曙覧の歌

橘曙覧（福井市橘曙覧記念文学館蔵）

橘曙覧 〔文化九年（一八一二）～慶応四年（一八六八）〕

文化九年（一八一二）福井城下で生まれる。父は紙筆墨商を営む正玄五郎右衛門、母は都留子といった。正玄家は井手左大臣橘諸兄の後裔の家系であり、曙覧が橘姓を名乗ったのは橘諸兄公の子孫であることを誇りとしたからである。曙覧は二十五歳の時、本居宣長に師事した田中大秀の門人となり、三十三歳の時に入門する。後に正岡子規によって激賞される歌は、この国学の精神を基として曙覧独特の個性と相俟って開花したものといえる。曙覧は、天保十年（一八三九）二十八歳の時に家督を異母弟に譲り隠遁生活に入った。その生活は赤貧洗うが如しであったが、曙覧は寧ろそれを誇りとし独特のユーモアでそれを歌にしている。有名な「独楽吟」もその一つである。曙覧は、国学者、歌人として大きな時代のうねりの中で、大政奉還、王政復古の大号令など、神武創業に還る喜びを次々に歌に詠み、その尊皇精神溢れる生き方と曙覧独特の和歌の世界は後世に大きな影響を与えた。慶応四年（一八六八）、明治改元十日前に五十七歳でその生涯を閉じた。大正八年に正五位を贈られた。掲載の和歌は、『橘曙覧全歌集』（岩波文庫）に拠る。

朝ぎよめのついでに

かきよせて拾ふもうれし世の中の塵はまじらぬ庭の松の葉

「朝ぎよめ」は朝の清掃

むすめ健女(たけじょ)、今(こ)とし四歳になりにければ、やうやう物がたりなどして、たのもしきものに思へりしを、二月十二日より痘瘡(もがさ)をわづらひていとあつしくなりもてゆき、二十一日の暁みまかりたりける、歎きにしづみて

きのふまで吾が衣手(ころもで)にとりすがり父よ父よといひてしものを

「健女」は健子。曙覧の三女。「痘瘡(もがさ)」は天然痘。「あつしくなり」は病気が重くなり

野つづきに家ゐしをれば、をりをり蛇(へび)など出でけるを、妻の見るたびにうちおどろきて、うたて物すごきところかな、といひけるを、なぐさめて

おそろしき世の人言(ひとごと)にくらぶれば逶迤(はい)いづる虫の口はものかは

「家ゐ」は家にいること。「をりをり」は時々。「うたて」は嫌なことに。「虫」は蛇。「ものかは」は問題にするほどのことではない。

壬子（じんし）元日

物ごとに清めつくして神習（かみなら）ふ国風（くにぶり）しるき春は来にけり

「壬子」は嘉永五年（一八五二）のこと。曙覧四十一歳

戸川正淳が男児うませけるに

ますらをと成（な）るらむちごの生（お）ひさきは握（にぎ）りつめたる手にもしるかり

「戸川正淳」は福井藩士。「ちご」稚児はここでは赤子。「しるかり」ははっきりしている

樹間鹿

あはれなり角（つの）ある鹿もたらちねの柞（ははそ）のかげを去りうげに鳴く

「柞（ははそ）」は母の掛詞。柞はクヌギ、ナラなどの木のことを指す。

人にこはれて

公（おおやけ）につかふまつるつねの心おきてとなるべき歌よみてくれよ、と

世の中の憂（う）きに我が身を先だてて君（きみ）と民（たみ）とにまめ心あれ

「まめ心」は誠実な心

与女見雪

妹とわれ寝がほならべて鴛鴦の浮きゐる池の雪をみるかな

「与女」は親しい女性。「妹」は妻

人にしめしたる

口そそぎ手あらひ神を先づ拝む朝のこころを一日わするな

虱

着る物の縫ひめ縫ひめに子をひりてしらみの神世始まりにけり

「子をひりて」は子を産みつけて

綿いりの縫ひ目に頭さしいれてちぢむ虱よわがおもふどち

「どち」は仲間、親しい友

やをら出でてころものくびを匍匐ありき我に恥見する虱どもかな

贈正三位正成公

湊川御墓の文字は知らぬ子も膝折りふせて嗚呼といふめり

「正成公」は楠木正成。「御墓の文字」は徳川光圀公が湊川に建碑した「嗚呼忠臣楠子之墓」

菅原の神

御涙の外なかりけむ誰ひとり都へいざといはぬあけくれ

「菅原の神」は菅原道真公。宇多天皇に重用されるも藤原時平の讒言にあって太宰府に左遷され、その地で歿。「あしひきのこなたかなたに道はあれど都へいざと言ふ人ぞなき」（菅原道真）

高山彦九郎正之

大御門そのかたむきて橋の上に頂根突きけむ真心たふと

「高山彦九郎」は寛政の三奇人の一人。京都三条大橋の上で天皇を思い、皇居の衰微した姿に涙した逸話が残る。

芭蕉翁

唇のさむきのみかは秋のかぜ聞けば骨にも徹る一こと

「芭蕉」は松尾芭蕉。「もの言へば唇寒し秋の風」（芭蕉）

塙検校

何事も見ぬいにしへの人なれど涙こぼるる不尽の言の葉

「塙検校」は塙保己一。幼少に失明したが、国学、国文学を柱とする『群書類従』を著す。「不尽」は富士山に掛ける。

朱舜水

さくら咲く皇国うれしく思ひけむさつ矢遁れて来つる唐鳥

「朱舜水」は明の儒学者。明朝が滅ぶに際して日本に渡来。水戸光圀の招聘に応じて江戸に移住。光圀が建碑した「嗚呼忠臣楠子之墓」の碑陰記は朱舜水の撰。「さつ矢」は狩りの矢

千利休

来し君の朝貌いかにまもりけむ一つ残しし花にならべて

「千利休」は茶人。豊臣秀吉に対して朝顔一輪だけを残して茶道の極意を示した。

飛騨国富田礼彦(とみたゐやひこ)、おほやけのおふせにて、去年(こぞ)より此の国の堀目(ほりめ)といふ山里に物しをる、春ばかりとぶらひたりけり、ここは近きころ白がね出づとて、礼彦はじめて其のつかさにまけられて、おふなおふないそしみけるにより、日ごとにほり出だすかずおほくなりつつ、今のさまにてかんがうるに、つぎつぎふえゆきなんずるやうなり、など物がたるをききて

歳歳(としどし)にさかゆく御代(みよ)の春をさて咲(さ)きあらはすか白がねの花

人あまたありて、此のわざ物しをるところ、見めぐりありきて

日のひかりいたらぬ山の洞(ほら)のうちに火ともし入りてかね堀(ほ)り出(い)だす

赤裸(まはだか)の男子(おのこ)むれゐて鉱(あらがね)のまろがり砕(くだ)く槌(つち)うち揮(ふ)りて

さひづるや碓(からうす)たててきらきらとひかる塊(つちくれ)つきて粉(こ)にする

筧(かけい)かけとる谷水(たにみず)にうち浸(ひた)しゆれば白露(しらつゆ)手にこぼれくる

黒けぶり群(むらが)りたたせ手もすまに吹き鑠(とろ)かせばなだれ落つるかね

「すまに」は休めないで。「鑠かす」は溶かす

鑠（とろ）くれば灰とわかれてきはやかにかたまり残る白銀（しろがね）の玉

「きはやかに」は際だって

銀（しろがね）の玉をあまたに筥（はこ）に収（い）れ荷（に）の緒（お）かためて馬馳（うまはし）らする

しろがねの荷負（お）へる馬を牽（ひ）きたてて御貢（みつぎ）つかふる御世（みよ）のみさかえ

寒　枕

冷（ひ）えいらむ夜をもいとはでうれしきはさしのべたりし妹が手（た）まくら

「冷えいらむ」は寒い。冷えている。「いとはで」は嫌がらず

月前虫

身ひとつの秋になしてや蟋蟀（きりぎりす）なきあかすらむ月の夜（よ）な夜な

「きりぎりす」は今でいう「こおろぎ（蟋蟀）」

忠臣待旦

百（もも）しきや御（み）はしのうへの朝霜を人に後（おく）れて踏みし日もなし

「待旦」は夜明を待つ。「百しき」は皇居。「みはし」は階段

をりにふれてよみつづけける

起き臥しもやすからなくに花がたみ目ならびいます神の目おもへば

「起き臥し」は起きて寝る日常。「やすからなくに」は心安らかでない。「花がたみ（花筐）」は花や若菜を摘んで入れる籠。「花筐め並ぶ人のあまたあれば忘られぬらむ数ならぬ身は」（古今集）

吹く風の目にこそ見えね神神は此の天地にかむづまります

「かむづまります」は神としていらっしゃるの意

いかで我きたなき心さりさりて神とも神と身をなしとげむ

「いかで」はどのように。「さりさりて」はそうであっても。「神とも神と」は「神」の語を重ねることで語意を強める。神の御心のままに

わらはの、朝いしつつなきいさちけるを、いたくさいなみ、うちたたきなどしける時

撫づるよりうつはめぐみの力いりあつかる父のたならうらと知れ

「朝い」は朝寝。「なきいさちける」は激しく泣く。「さいなみ」は譴み

たしなめる。「あつかる（厚かる）」は手厚い。「たなうら」は手のひら

贈正三位正成公

一日生き ば一日こころを大皇の御ために尽くす吾が家のかぜ

今とし、父の三十七年、母の五十年のみたままつりつかうまつる

顕はさむ御名はかけても及びなし身の恥をだに残さずもがな

「今年」は文久二年（一八六二）曙覧五十一歳。父は文政九年（一八二六）歿、母は文化十年（一八一三）歿。「残さずもがな」の「もがな」は願望。残したくはないものだなあ

なにをして白髪おひつつ老いけむとかひなき我をいかりたまはむ

いひがひもなき身のうへをわび泣きて御墓のもとにうづくまるかな

「いひがひ（言ひがひ）」は言うだけの値打ち

薔薇

羽ならす蜂あたたかに見なさるる窓をうづめて咲くさうびかな

詠剣

弱腰（よわごし）になまもの着くる蝦夷人（えみしびと）我が日（ひ）の本（もと）の太刀（たち）拝（おが）み見よ

「弱腰」は腰の細い部分。「なまもの」は未熟で不完全なもの。「蝦夷人」は外国人を指した言葉か。

七重（ななえ）にも手もて曲（ま）げなばまがるらむ蝦夷（えみし）の国の太刀（たち）は剣（たち）かは

「七重」はいく重にも、たくさん。「かは」はだろうか

ある時

何ごとも時ぞと念（おも）ひわきまへてみれど心にかかる世の中

忘れむと思へどしばしわすられぬ歎（なげ）きの中（うち）に身ははてぬべし

「時ぞと」は幕末動乱の世の中

西行

心なき身にもあはれと泣きすがる児（こ）には涙のかからざりきや

「心なき身にもあはれは知られけり鴫立つ沢の秋の夕暮れ」

（西行）。西行出家の折、子は袂にすがって泣いたという。

人にしめす

眼の前いまも神代ぞ神無くば草木も生ひじ人もうまれじ

正月ついたちの日、古事記をとりて

春にあけて先づ看る書も天地の始めの時と読みいづるかな

「春にあけて」は元旦。「天地の始めの時」は古事記の冒頭の語句を指す。

戯れに

吾が歌をよろこび涙こぼすらむ鬼のなく声する夜の窓

古今集の序「目に見えぬ鬼神もあはれと思はせ」の鬼と同義。超人的な力のあるもの

灯火のもとに夜な夜な来たれ鬼我がひめ歌の限りきかせむ

「ひめ歌」は秘蔵の歌

人臭き人に聞かする数ならず鬼の夜ふけて来ばつげもせむ

「来ばつげもせむ」は（鬼が夜更けに）来たのなら聞かせてあげよう

凡人(ただびと)の耳にはいらじ天地(あめつち)のこころを妙(たえ)に洩(も)らすわがうた

「凡人」は人間

示　人

君(きみ)と臣品(おみしな)さだまりて動かざる神国(かみぐに)といふことをまづ知れ

「品」は身分。「神国」は神国日本

さびしかりける日

ほしかるは語りあはるる友一人見(み)べき山水(やまみず)ただ一(ひと)ところ

「ほしかる」は欲しいのは

短冊ばこに歌かきて、とこはれて

いつはりのたくみをいふな誠だにさぐればうたはやすからむもの

独楽吟(どくらくぎん)（五十二首の中より）

たのしみは草のいほりの莚(むしろ)敷(し)きひとりこころを静めをるとき

たのしみは妻子むつまじくうちつどひ頭ならべて物をくふ時

たのしみは朝おきいでて昨日まで無かりし花の咲ける見る時

たのしみはあき米櫃に米いでき今一月はよしといふとき

たのしみはまれに魚烹て児等皆がうましうましといひて食ふ時

たのしみはそぞろ読みゆく書の中に我とひとしき人をみし時

たのしみは心をおかぬ友どちと笑ひかたりて腹をよるとき

たのしみは庭にうゑたる春秋の花のさかりにあへる時時

たのしみは神の御国の民として神の教へをふかくおもふとき

たのしみは戎夷よろこぶ世の中に皇国忘れぬ人を見るとき

戎夷…外国人を指していると思われる

たのしみは鈴屋大人の後に生まれその御諭しをうくる思ふ時

「鈴屋大人」は本居宣長。「独楽吟」は「たのしみは」で始まる連作五十二首のうた

伊勢外宮にまうでて、頂根突きをりつつ

一日だにくはではあられぬ御食たまふ御めぐみ思へば身の毛いよだつ

「頂根突きおり」は首の付け根を地につけて敬拝する動作。「外宮」は天照大御神にお食事を捧げられる豊受大神を祀る。「御饌」は食事のこと。「身の毛いよだつ」は畏れ多くて身の毛が立つこと

内宮にまうでて

おはしますかたじけなさを何事もしりてはいと涙こぼるる

「おはします」は御鎮座まします。「いとど」はますます

「何事のおはしますかは知らねどもかたじけなさに涙こぼるる」（西行）

山室山にのぼりて、鈴屋先生の御墳拝みて

宿しめて風もしられぬ華を今も見つつますらむやまむろの山

「山室山」は三重県にある本居宣長（鈴屋先生）のお墓があるところ。「宿しめて」はこの土地を覆っている

おくれても生まれし我（われ）か同じ世にあらば履（くつ）をもとらまし翁（おじ）に

二月二十六日、宰相君御猟（みかり）の御ついで、おのが草廬（そうろ）にゆくりなく入らせ給へる、ありがたしともいふはさらなり、ただ夢のやうなるこちして、涙のみうちこぼれけるを、うれしさのあまり、せめて

賤（しず）の夫（お）も生けるしるしの有りて今日君来ましけり伏せ屋の中（うち）に

元治二年（一八六五）二月二十六日／「宰相君」は藩主松平春嶽公。「草廬」は草で作った小さな家という意味で自分の住居をへりくだっていう語。ここでは曙覧の家のこと。「ゆくりなく」は突然に。「賤の夫」は曙覧のこと。「伏せ屋」は屋根が低くみすぼらしい家

華

師木島（しきしま）の大倭（やまと）ごころをみよしのの花はをしへによりてさくかは

「師木島（敷島）」は日本。「敷島の大和心を人とはば朝日に匂ふ山桜花」（本居宣長）

鈴屋先生の、敷島の大和心のうたをかしづきをりつつ、なほ漢土も、大倭も、道の大むねは同じかるべう思ひまどへる人をさとす

山ざくらにほはぬ国のあればこそ大和心とことはりもすれ

「同じかるべう思う」は同じではないかと思う

ある時よめる

月草のうつりやすかる心より本をうしなふ国人のさが

「月草」は露草。「うつり」の枕詞。「さが」は性質

ある時作る

利のみむさぼる国に正しかる日嗣のゆゑをしめしたらなむ

「利」は利益。「日嗣」は皇位をふむこと、万世一系の皇統

神国の神のをしへを千よろづの国にほどこせ神の国人

「神国」は日本。「千よろづの国」は世界の国々。「神の国人」は国民

赤心報国

真荒男（ますらお）が朝廷（みかど）思ひの忠実心（まめごころ）眼を血に染めて焼刃見澄（やきばみす）ます

「赤心報国」は誠心をもって天皇陛下の恩に報いる。「真荒男」は立派な男子。「眼を血に染めて」は血眼になって

国のため念（おも）ひ痩（や）せつる腸（はらわた）を筆にそむとて吾が世ふかしつ

「筆にそむとて」は筆で書こうとして。「吾が世ふかしつ」は吾が生涯を生きた

仇（あだ）に向き臆（しり）たたきけむ古人（ふるびと）にならひてこそは国に仕へめ

日本の武将の調伊企儺（つきのいぎな）は、任那日本府の再興のため新羅討伐に遠征するも捕らえられ、「日本の将よ、我が尻を食らえ」と敵から言わせられたとき、「新羅王よ、我が尻を食らえ」と逆に叫んで殺されたという故事による

正宗（まさむね）の太刀（たち）の刃（は）よりも国のためするどき筆の鉾揮（ほこふる）ひみむ

「正宗」は岡崎正宗、名刀。「筆の鉾揮ひ」は筆の鉾先を振るって書こう

国を思ひ寝られざる夜の霜の色月さす窓に見る剣（つるぎ）かな

国汚す奴（やっこ）あらばと太刀抜きて仇にもあらぬ壁に物いふ

松の葉の夜おつるにも耳たてつ枝ならさざる世とはおもへど

「耳たてつ」は耳をそばだてて。「枝ならさざる世」は枝もならさない太平の世

ひとりごとに

幽り世に入るとも吾は現し世に在るとひとしく歌をよむのみ

歌よみて遊ぶ外なし吾はただ天にありとも地にありとも

「幽り世」はあの世

武士

尊かる天つ日嗣の広き道踏まで狭き道ゆくな物部

「天つ日嗣の広き道」は天皇が治める我が国の大道。「物部」は武士

真心といはるべしやは真ごころも正しき道によらで尽くさば

「よらで尽くさば」はよらないで尽くすならば

大綱と天つ日継を先づとりてもろもろの目を編む国と知れ

「先づとりて」は先にきめて

天皇に身もたな知らず真心をつくしまつるが吾が国の道

「身もたな知らず」は身を知らず

大御政、古き大御世のすがたに立ちかへりゆくべき御いきほひと成りぬるを、賤の夫の何わきまへぬものから、いさましう思ひまつりて

百千歳との曇りのみしつる空きよく晴れゆく時片まけぬ

「大御政」は慶応三年（一八六七）の大政奉還、王政復古の大号令を指す。「との曇り」は一面曇っている。「時片まけぬ」はひたすら待っていた時

あたらしくなる天地を思ひきや吾が目昧まぬうちに見んとは

「あたらしくなる天地」は天皇親政の世の中。「目昧まぬうちに」は生きているうちに

古書のかつがつ物をいひ出づる御世をつぶやく死に眼人

「かつがつ」はようやく。「死に眼人」は愚か者

廃れつる古書どもも動きいでて御世あらためつ時のゆければ

「時のゆければ」は時期がきたので

ある時

友ほしく何おもひけむ歌といひ書(ふみ)といふ友ある我にして

天使のはろばろ下り給へりける、あやしきしはぶるひ人ども、あつまりゐる中に、うちまじりつつ、御けしきをがみ見まつる

隠士(よすてびと)も市(いち)の大路(おおじ)に匍匐(はい)ならびをろがみ奉(まつ)る雲の上人(うえびと)

「天使」は天皇の使い。親征軍。「はろばろ下り給へりける」は慶応四年、北陸道総鎮撫総督以下が福井を通過したこと。「しはぶるひ人」は咳き込む老人。身分の低い人。「隠士」はここでは曙覧自身のことを指す。

天皇(すめろぎ)の大御使(おおみつか)ひと聞くからにはるかにをがむ膝(ひざ)をり伏せて

示　人

天皇(すめらぎ)は神にしますぞ天皇の勅(ちょく)としいはばかしこみまつれ

太刀佩(は)くは何の為ぞも天皇の勅(みこと)のさきを畏(かしこ)まむため

「さき」は幸い・幸福

天の下清く払ひて上つ古の御まつりごとに復るよろこべ

物部のおもておこしと勇みたち錦の旗をいただきてゆけ

「物部」は武士。「おもておこし」は面目をほどこすこと

同じ時、また芳賀真咲に

大皇の勅に背く奴等の首引き抜きて八つもてかへれ

この歌の前に「佐々木久波紫が大御軍人に召されて、越後路に下れる馬のはなむけに」という詞書の歌がある。「芳賀真咲」は福井藩士。曙覧の門人。国学者。「八つもて」は沢山もって

小木捨九郎主に

大皇の醜の御楯といふ物は如此る物ぞと進め真前に

「小木捨九郎」は福井藩の時宜役。「今日よりは顧みなくて大君の醜の御楯と出で立つ吾は」（万葉集）

伊藤某仲右衛門

大皇（おおきみ）に背（そむ）ける者は天地（あめつち）にいれざる罪ぞ打ちて粉（こ）にせよ

閑中友

我とわがこころのうちに語らへばひとりある日も友はあるもの

皇国（すめくに）の御（み）ためをはかる外（ほか）に何する事ありて世の中にたつ

「たつ」は役に立つ

三条実美（さんじょうさねとみ）の歌

三条実美（国立国会図書館蔵）

三条実美　〔天保八年（一八三七）～明治二十四年（一八九一）〕

天保八年（一八三七）朝廷で議奏を務める三条実万の三男として生まれる。幼名は福麿。安政元年（一八五四）、次兄の早世により家を継いだ。三条家は朝廷に於て摂家（五家）に継ぐ清華家（九家）に属し、父の実万は議奏・武家伝奏・内大臣等の要職を務め、孝明天皇の側近として攘夷（日米修好通商条約不許可）の大御心を体して、幕府との折衝に当ったが、大獄により安政六年四月に謹慎処分を受けて出家し、半年後には病気で薨去した。実美二十三歳の時である。

文久二年（一八六二）五月実美は、幕府に改革を実行させる為の勅使派遣を求める建白書を関白に提出し、翌日には国事御用書記に任命された。勅使・大原重徳が島津久光に警固されて江戸に派遣され成果を上げた四か月後の十二月、更に幕府に攘夷実行を督促する為の別勅使として実美が江戸に派遣された。帰京後国事御用掛となった。翌年になると長州藩と密接な関係を持ち、姉小路公知と共に尊皇攘夷派の公卿として幕府に攘夷決行を求め、孝明天皇の大和行幸を企画した。しかし、八月十八日の政変で、参内を止められ、三条を始めとする尊攘派公卿七人は長州に落ち延び（七卿落ち）防府の招賢閣に入った。翌年正月「歎奏書」を朝廷に提出。三月には鎧直垂を来て騎馬で壇ノ浦砲台を視察。元治元年（一八六四）の禁門の変の敗北後、幕府は三条等五卿の九州移転を求め、翌年二月十二日に太宰府延寿王院に移った。慶応三年（一八六七）の朝議で三条等の赦免が決定。十四日に通知が届き、十九日に出発し二十七日に京都に戻り「議定」に任命された。実に四年ぶりの帰京であった。新政府では、副総裁、関東観察使、右大臣、太政大臣、内閣制度発足後は内大臣と、国家の要職を務めた。明治二十四年（一八九一）病気で薨去。享年五十五歳。正一位大勲位公爵。大正四年に三条邸跡の梨木神社に合祀。掲載の和歌は、高崎正風編『梨のかた枝』（夜久正雄『三條實美公歌集　梨のかたえとその研究』に全文を掲載）に拠る。

【『拾遺』より】

石清水八幡行幸に供奉しまつりて（文久三年四月十一日）

かしこしと神もくむらむいはしみず今日の御幸の大御心を

文久三年十一月十一日長州明神ヶ池にて

この国の濁らぬ水にすむ魚は遊ぶさまさへ勇ましきかな

文久三年八月十八日の政変で、三条公を始めとする
尊攘派の公卿七人は長州へと落ち延びた（七卿落ち）

文久三年大晦日の作

いくたびか夢は都へ通へどもたゞ明けやらぬ冬の夜ながさ

さきがけてこの世を梅と散りもせばついで秋さく菊もあらなむ

元治元年七月十五日室津本陣にて（上京嘆願の為長州を発せられむとす）

ものゝふをひきつどひても百船のはつる室津の月を見るかな

【『梨のかたえ』下「ひなにさすらひしほどの歌ども」より】

正月九日山口にて（文久四年（元治元年））

世の事のいとゞうれたきままに、いのちあることのくるしく侍りて

おほきみはいかにいますとあふぎみればたかまの原ぞかすみこめたる

君によししられずとても臣（おみ）として臣たるみちはつくさゞるべき

玉の緒よひかり消えなば人しれず君が守りとならましものを

「玉の緒」は「魂の緒」の意で、生命の事

さまざまにおもひみだれてふづくゑのふみみるだにも物うかりけり

うれたさのやるかたなくて花鳥のいろ音（ね）をさへもかこちけるかな

「うれたさ」は「心（うら）痛さ」の約で、嘆かわしさの意。「かこつ」は「託つ」で、自分の境遇などを嘆く、ぐちをこぼすの意

大君（おおきみ）の大御（おおみ）こゝろをそよとだにこちふくかぜよわれにつたへよ

「こち」は「東風」で、春に東方から吹いて来る風

『梨のかたえ』には四首のみが掲載されているが、三条実美公のこの時の詠歌が『真木和泉守遺文』には十首掲載されているので、『真木和泉守遺文』も参照しつゝ六首を紹介する。

太宰府にて年の始に（慶応元年二月、五卿は太宰府に移る）

みやこおもふゆめの中よりあけそめて心づくしに春はきにけり

九州の福岡は筑紫の国と呼ばれた。筑紫は「つくし」と読むので、「尽し」に掛けて、「心つくし」と、福岡の地でいろいろと物思いする事を表現している。

はるのたつけさよりやがてまたるゝはこちふく風のたよりなりけり

二月十日あまり夜ふかくねざめけるにありあけの月さやかにてれり。菅公の御歌の情などおもひて

いにしへの空さへおもひいでられてあはれもふかきあり明の月

「大鏡」の菅公（菅原道真公）の歌「海ならずたゞよふ水の底までもきよきこゝろは月ぞてらさむ」（「月のあかき夜」）

岡駅なる下司正顕が「きかまほし大内山の鶯のこゝろつくしにもらすはつこゑ」とよみておくりけるかへし

九重のはるにもれたるうぐひすはよのことをのみ歎きてぞなく

折にふれて

のどかなるこゝろはなしに百とりのなきのみなきてくらす春かな

たちかへりみやこにいつかしのばまし心づくしの春の夜の月

人のもとにて

はなぞののふぢのうら葉のうらとけてかたらふまどゐたのしくもあるか

「うらとく」は「心解く」で、うちとけるの意。後撰和歌集に「藤のうらばのうらとけて」と表現した歌があるのを受けている。「まどゐ」は「円居」で、車座になること、人々が集まって楽しい時を過ごすことの意

ふるさとの春にあひぬるこゝちしてとるもうれしきけふのさかづき

卯月十日あまりに満盛院にあそびて

なつかげのきよきみてらにたちよればちりのよしらぬところなりけり

五月ばかり外へものして

のる駒のむちかけのむらこえ来ればあしきの里にさなへとるみゆ

「あしきの里」は太宰府近郊の御笠村阿志岐の地。現在は筑紫野市阿志岐

わかなへにおきあまりたる白露のたまの清きをこゝろともがな

須恵にまかりて

まつのいろ山のすがたもおもしろく心にかなふすゑのやまざと

「須恵」は現在、福岡市の東部に位置する糟屋郡須恵町

かへるさに

ほたるとび山ほとゝぎすなく里の夏の夜みちはゆけどあかぬかも

五月廿日あまり霖雨ふりつゞきていとつれづれなりけるに武部公純が王守仁の詩のいとこゝちよきをかきてみせければそをうたふまゝにくもりふたがりつる心もはれわたり旅のうささへわすられて

いにしへの人のこゝろのさやけさをおもふそらにはさみだれもなし

「王守仁」はシナの明代の儒学者・王陽明の事、「致良知」心学を説いた。

慶応三年五月廿五日正成卿をまつりて

七かへりきみがみたてとうまれきて力をそへよいまのみよにも

あきのはじめに

いたづらにみやこのかたのたよりのみまつとせしまに秋たちにけり

あききぬとおちたる桐の一葉(ひとは)にもまづこぼるゝはなみだなりけり

くさまくらかなたこなたにさすらひて幾度(いくたび)露に袖ぬらすらむ

かくばかりうきをかさねしそでぞともしらでや秋の露はおくらむ

まさきくてたびにはありと都なるわぎへにつげよ秋のはつかぜ

「まさきく」は「真幸く」で、無事にの意。「わぎへ」は「吾家」で、わが家の事

月をみて

袖の上にやどるもうれし君がみる雲ゐの月のかげぞと思へば

「雲ゐ」は「雲居」で、ここでは宮中・皇居の意

題しらず

けふことにかみのこゝろもくまれつゝそでうちぬらすきくのした水

雪のふりけるに

きえやらでいつをはるともしらゆきのつもりのみゆくわがおもひかな

萬里小路藤房卿

そのかみをおもへばかなし山ふかくいりけむこゝろ人なとがめそ

萬里小路藤房（藤原藤房）卿は、建武の中興の際の元弘の変

で、後醍醐天皇に附き従って笠置山に逃れたが、有王山で捕えられ、翌年常陸に流された。中興が成ると共に帰京した。

新田義貞

つるぎたちとぎし心はわたつみの神もあはれとうけやしつらむ

名和長年

ふねはつるなわのみなとのそこきよみあまてらす日のかげぞやどれる

菊池武時

よる波のおとうちそふる川かぜににしきのはたでまたなびきつゝ

「はたで」は「旗手（はたて）」で、長旗の末端の風になびきがえる所

家人のふみをえて

玉づさを手にとるからに平けくやすしとあるぞまづはうれしき

「玉づさ」は「玉梓・玉章」で、手紙・消息の意

ふるさとのたよりきゝつるうれしさはうき旅ならでたれかしるべき

ふるさとのうからはらからやすけしときくこそたびの命なりけれ

たらちねはくるゝ一日(ひとひ)を一とせにおもひなしてもわれをまつらむ

ある人亭の名をこひければ洗心亭とつけて

心さへあらはれてこそすゞしけれのきのまつかぜにはのましみづ

渓雲斎のちゝに送る

しらつゆのおもひみだれむくれたけのこのうきふしの繁(しげ)きよなれば

「くれたけの」は「呉竹の」で、「ふし」「うきふし」「世」「夜」「むなし」「しげし」「端山」「末」にかかる枕詞

大村丹後守（大村藩主）におくる

かたらまくあはまほしくもおもふかなおなじ道ゆく友とおもへば

渡邊昇（大村藩士）におくる

月と日のかゞみにかけてはぢざるはあかき誠のこゝろなりけり

小田村素太郎（長州藩士・小田村伊之助）が獄中にてよみける歌どもみせけるに

もののふの道にひろへる言の葉はあかき心をたねとこそしれ

くれたけのよのうきふしにかゝりけむことばの露に袖ぬらしけり

陶山一貫の家にやすらひて

おいまつのかげに立(たち)よるいつもいつも深きなさけにあひにけるかな

宇美といふところにて

あはれしるひとこそくまめよをうみの水のながれのきよきこゝろを

「宇美」は現在の福岡県糟屋郡宇美町

延壽王院にありて

大空にたちそびえたる御笠山さしてあふがぬ日はなかりけり

太宰府の後ろに聳える「宝満山」の事を三条公は、
奈良の三笠山に例えて「御笠山」と呼び親しんだ。

なにがしの山にて

のぼりたちふりさけみれどふるさとは雲井のよそにへだたりにけり

すゞりを人につかはすとて

あさからぬすゞりの海をかゞみにてまなびの道にこゝろふかめよ

神幸ををがみて

たび衣おもひかけずもみたびまでかみのみゆきにあひにけるかな

つくしがたみゆきををがむ今日ことに神のこゝろぞしのばれにける

うもれ木を見て

いにしへをいまもみづきの埋木(うもれぎ)のくちせぬものはその名のみかは

みづから任庵となづけて

おほけなくにのおもにをかつぎもて任(まけ)の庵(いおり)にものおもひをる

身をしらで君がみことのかしこさにあまる重荷もおひてけるかな

燧袋(ひうち)

ことしあらばうちいでて世にもあらはさむ石とかねとのかたき心を

「燧」は「火打ち」で、火打ち石と火打ち金とを合わせて火を出すこと、又、その道具の事

久坂義助（玄瑞）の霊にたむけしめける

九重(ここのえ)のみはしのちりをはらはむと心も身をもうちくだきたる

「九重」は皇居・宮中の事。「みはし」は「御階」で、宮中・神社などの階段、特に紫宸殿の南階段。久坂義助は元治元年の禁門の変で戦死した。

おなじをり道明（久坂玄瑞の養子）へ

ちゝのみのちゝのその子とかたりつぎいひつぐ名をもたてよとぞおもふ

高橋松運（筑前岩屋城主・高橋紹運）が墓にて

ものゝふのおくつきどころわがとへばすさまじきまでふく嵐かな

花すゝき君がたむけにたをりきてさゝぐる袖も露にぬれつゝ

吉田なにがし（薩藩・吉田清右衛門か）が身まかりけるをいたみて

しらつゆときゆるぞをしき君をこそますらたけをとたのみしものを

大山道正（中岡慎太郎）が身まかりけるを悼みて

よをおもひ身をおもひても誓ひてし人のうせぬることぞかなしき

ものゝふのそのたましひやたまぢはふ神となりても国守るらむ

「たまぢはふ」は「魂ぢはふ」で、霊力で加護する意とも、神にかかる枕詞とも言う。

君がためよのためおもひなげくにはかなしといふもかなしかりけり

土佐出身の中岡慎太郎は慶応三年十一月十五日、京都の近江屋で坂本龍馬と共に襲撃され、十七日に亡くなった。

錦小路頼徳ぬしの四年の忌に

なききみのわきてこひしきことしかな帰らむ道のほども見ゆれば

長州に落ち延びた七卿の一人の錦小路頼徳は、赤間関の砲台視察中に病で倒れ、元治元年四月二十七日に同地で三十歳の生涯を閉じた。

父君のものしたまひし赤心報国といふ御筆蹟を見て

めぐり来てたびぢに見るぞなつかしきかへらぬ君が水ぐきの跡

「水ぐき」は「水茎」で、筆又は筆跡の意

述懐のうたども

梓弓（あずさゆみ）もとすゑたがふよの中を神代のみちにひきかへしてむ

大君のまけのまにまに一すぢにつかへまつらむいのちしぬまで

「まけのまにまに」は「任のまにまに」で、任命に従っての意

かたいとのみだれしすぢをときわけてひとつごころによりあはせてむ

くはしほこちだるのみいつすゑつひにあふがざらめや国のやそ国

「くはしほこちだる」は「細戈千足る」で、優れた武器がたくさん備わっている事の意。「細戈千足る国」は日本国の美称として使われる。「みいつ」は「御稜威」で、天皇・神などの威光の意。「やそ国」は「八十国」で、多くの国の意

かくばかりみだれゆくよをよそにみて過(すご)すは臣(おみ)の道ならめやも

いまよりぞまことのみちにいりぬべきすぎにしことはいふかひもなし

いづる日のかたをあふぎて打(うち)むせびなみだながらによをいのるかな

うき雲のかゝらばかゝれあまつかぜふきおこるべき時なからめや

いかにしてつくしの海による波の千重(ちえ)のひとへもきみにむくいむ

みよのためふかくも思ひそめ河のそこのこゝろは神ぞくむらむ

おもひ川うへは氷のとぢぬともみづのこゝろはよどまざるべし
「みづ」は水

つくしがたあまのとまやにさすらへて恵（めぐみ）のなみをかづくかしこさ
「かづく」は「被く」で、かぶるの意

かくばかり君がめぐみをうけながらつくさぬおみの身をはづるかな

うつせみのむなしき名のみおふ人の何のいさをか世にはたつべき

よろづよの名こそをしけれうつせみのよの人言（ひとこと）はさもあらばあれ

をりにふれ事につきて

ものゝふのみちにあつしときくからに君が爲こそまづうれしけれ

たまぢはふ神し照さばよの中のひとのまごころかくれやはする

ともし火のひかりにうつるかげにだに恥(はず)かしからぬこゝろともがな

つるぎはのさむきいろにもみゆるかなうちきたひたるやまとだましひ

かしこくも復位の勅命をかうぶりてみやこへのぼるとて（慶応三年十二月）

身にあまるめぐみにあひておもひ河うれしきせにもたちかへるかな

かへらじとおもひ定めし家路にもかへるは君がめぐみなりけり

太宰府神社に太刀をさゝげ奉りて

つるぎたちぬさとたむけてたちかへる心のうちは神や照(てら)さむ

人々にわかるゝ歌ども

たちわかれ雲ゐのよそになりぬとも心づくしをわれわすれめや

この場合の「雲ゐ」は遠くはるかに離れている事。「心づくし」は、真心を込めてすることの意

わすれめやこゝろづくしの旅にしてかたらひなれし人のまことを

忘れめや御笠（みかさ）の山はふもとなるとしをふるきのうめの下かげ

おなじ人（信全僧都）のうたこひけるに

とゞむべきことのはとてはなかりけりこゝろをきみにのこしおかまし

（陶山）一貫が庭に小松をうゑて

うゑおきし手なれのまつのおひさきをいきてふたゝびみむよしもがな

みやこにのぼらむとしけるほど

みやこへとおもふかどでにさきだちてこぼるゝものはなみだなりけり

箱崎のうらをふな出して

つくしのうみおもひふかめし真心もほにあげつべきこのふなでかな

京にかへりつきて

めぐみありてわれはみやこにかへれどもかへりきまさむ君ぞかなしき

孝明天皇は前年（慶応二年）十二月二十五日に御年三十七歳で崩御されていた。

御陵（孝明天皇御陵）にまうでて

大ふねのおもひたのみしかひもなく雲がくれにしつきのかなしさ

孝明天皇御陵を後月輪東山陵と言う。

【『拾遺』より】

朝倉八幡宮にまうでて

ゆふだすきかけて祈るも一すぢにわがまごころを尽すなりけり

「ゆふだすき」は「木綿襷」で「木綿」で作ったたすきで神事に用いる。
又、からだにかけることから「かく」などにかかる枕詞として使う。

松の歌の中に

霜雪（しもゆき）のかゝらざりせばなかなかにまつの操（みさお）もあらはれなまし

長門の方を振り返りつゝ（慶応元年正月十四日）

筑紫国（つくし）さしてもゆくか別れ来（こ）し豊浦（とよら）のかたをかへりみつゝも

山本忠亮（公の従士・土佐藩士）が身まかりたるをいたみて（慶応二年五月九日）

つるぎたちわが身のうきにそひきつゝ旅ぢの露ときえし人はも

慶応三年正月朔（筑紫に移りしより已に三歳）

旅路とてみのふり行もしらぬまにけさははるにもなりぬとぞきく

野村望東尼還暦の賀延に

すめ国のたゞしき道をふむ人は千とせの坂もやすくこゆらむ

もろこしの蘧伯（蘧伯玉）は年五十にして四十九年の非をしるといへることの思ひしられて

あら玉の一とせこえて三十とせのあしたをけふぞ身にもしりぬる

延壽王院の旅館にて梅の花盛りなるを見て

なぐさめてなさけ有げに見ゆるかな花もあるじの心をやしる

（陶山）一貫翁がもとにて須磨琴をきゝて

旅の憂もわすれけるかなひとすぢに心をすます琴の調は

元治元年七月鞆浦にありし時を思ひて詠みし歌

大丈夫の鞆の浦わに船とめてみし夜の月は豈に忘れめや

慶応三年十二月十九日午後公等宰府を発す。（苅萱の関跡にて奉送した陶山一貫は公に別れを述べた後、謡曲高砂の一節を唱えた。）公、和歌二首を賦し之を与ふ。

たちかへるわれをおくると老人（おいびと）の翁さびせしことを忘れじ

「翁さぶ」は、老人らしくふるまうの意

送り来る人の情のうれしさにこゝろにとむる苅萱（かるかや）のせき

明治戊辰（元年）元旦所懐

立（たち）かへりあふぞうれしき九重のはるやむかしのみよの春べに

江月斎（久坂玄瑞）遺草をよみて

こゝのへのあらしにちりてはなのかをよにとゞめたるかたみなるらむ

【『梨のかたえ』上より】

慶応四年（明治元年）の夏大監察となりて江戸につきし時

月と日のみはたのかぜにむさしのの青人ぐさもうちなびくらむ

をりにふれて

身をつくしこゝろをつくすかひのあるみよにあへるはうれしからずや

はなにのみひとのこゝろのなりはてゝみのなき世こそかなしかりけれ

たふれにし人こそあはれかくばかりなれるいさをはたがいさをぞも

身にあまるくにのおもにをかつぎてはこほりをわたるこゝちこそすれ

いましめてわするまじきはつくしがたしづみし時のこゝろなりけれ

第三章

後世に伝えたい維新の歌

幕末維新略年表

（第三章第一部では年表の中の丸数字で示した出来事や事件ごとに、それに関連する人物の和歌を掲載している。）

和暦	西暦	出来事
弘化三年	1846	孝明天皇践祚
嘉永六年	1853	**ペリー来航** ①
		徳川家定第十三代将軍に就任
安政元年	1854	ペリー再来航・吉田松陰下田踏海
		日米和親条約締結
三年	1856	ハリス下田に着任
五年	1858	幕府、朝廷に日米修好通商条約の勅許を求めるも、朝廷は許さず
		井伊直弼が大老に就任、将軍後継は紀州慶福に、日米修好通商条約を締結（違勅調印）
		水戸藩への密勅降下
		安政の大獄開始 ②
		徳川家茂第十四代将軍に就任
六年	1859	安政の大獄の弾圧が吹き荒れる
万延元年	1860	**桜田門外の変で水戸・薩摩藩士により井伊大老が討たれる** ③
		幕府は公武合体を期し和宮降嫁を申し入れる

年号	西暦	出来事
万延元年	1860	**幕府の渡米使節** ⑩
文久元年	1861	**東禅寺英国公使館襲撃事件** ④ **幕府の渡欧使節** ⑩
文久二年	1862	**坂下門外の変** ⑤ **皇女和宮将軍家茂に降嫁** ⑥ 島津久光兵を率いて上京 **寺田屋事件** ⑦ 一橋慶喜・将軍後見職に、松平春嶽・政事総裁職に、松平容保・京都守護職に就任
三年	1863	将軍家茂上洛 **等持院事件** ⑧ **賀茂行幸・石清水行幸** ⑪ **朔平門で姉小路公知暗殺** ⑨ **長州藩攘夷断行・奇兵隊結成** ⑲ 薩英戦争 **大和義挙・天誅組義挙** ⑫ **八月十八日政変・七卿落ち** ⑬ **生野義挙** ⑭

元号	西暦	出来事
元治元年	1864	**池田屋事件** ⑮ **禁門の変** ⑯ **水戸・筑波挙兵** ⑰ **第一次長州征討** ⑱ ⑲
慶応元年	1865	**様々な藩で守旧派による尊攘派弾圧が激化** ⑳
二年	1866	**薩長連合成立** ㉑ 第二次長州征討、幕府軍敗退 将軍家茂薨去・慶喜第十五代将軍に 孝明天皇崩御
三年	1867	明治天皇践祚 **出流山挙兵** ㉒ **大政奉還・王政復古** ㉓
明治元年	1868	**堺事件** ⑳ 鳥羽伏見の戦い・江戸開城 **戊辰戦争** ㉔・明治に改元

第一部　維新に尽した人々の歌

①ペリー来航（嘉永六年六月）

岩が根もゆるぐばかりに音たかく砕けておつるきりふりの滝

徳川斉昭（水戸藩主・六十一歳）

霧降の滝は日光御神領仕法三大名瀑の一つ

敵（あだ）あらばいでもの見せむ武士（もののふ）の弥生なかばのねむりざましに

函館の関のせきもり心せよ浪のみ寄する御代にあらねば

いざさらば我も波間に漕ぎいでてあめりか船を打ちや払はむ

阿部正弘（福山藩主・幕府老中・三十九歳）

幾千尋（いくちひろ）限りも知らず岩根より落ちくる滝の音も凄まじ

島津斉彬（薩摩藩主・五十歳）

かちぢゆく供人(ともびと)いかに寒からむ輿(こし)のうちさへ冴(さ)ゆる嵐に

「かちぢ」は「徒路」で、徒歩で行く事

三つの国万(よろず)の民も安かれととしのはじめにいはふ言の葉

薩摩藩は、律令制に基づく薩摩国、大隅国、日向国（一部）の三つの国を治めていた。

徳川斉昭公に

武蔵野にしげる蓬(よもぎ)の白露を君ならずして誰かはらはむ

同

雲きりのへだてもはれてさやかなるつきのひかりを仰ぐかしこさ

山内容堂（土佐藩主）

大君の御楯(みたて)とならむ時待つと吾が撫でて飼ふ甲斐のくろ駒

大君の詔(みこと)にしあらば武士(もののふ)よとくはせまゐり承(うけたまわ)るべし

松平春嶽（越前福井藩主）

異船(ことふね)のよし寄せるとも君がため真先(まさき)に捨てんわが命がも

伊達宗城（宇和島藩主）

つはものゝ路(みち)ふみならす槍先にたちかねなびく春霞かな

薩摩の国に梁河光胤遣(つかわ)すのはなむけに

勤(つとめ)よや皇国の為にいくさ艦つくりそなへむわざをまなびて

桜井の宿にて

楠のつゆときえてもさくらゐのふかき操(みさお)をわれもくまなん

佐久間象山（信濃松代・五十四歳）

みちのくの外なる蝦夷のそとを漕ぐ舟より遠くものをこそ思へ

つかの間も守りゆるべぬさきもりのいたづき知るや都うた人

事しあれば国守る人も山田守る案山子に似たりうれはしの世や

梓弓まゆみつき弓さはにあれどこの筒弓にしく弓あらめや

武蔵の海さし出づる月は天飛ぶやかりほるにやに残る影かも

藤田幽谷（水戸・五十三歳）

常陸なる大津の浜にいぎりすの船をつなぐと君は聞かずや

いかづちの声かと聞けば青海原あだし船よりはなつ石火矢

弥生の半えみしが船は猶浦賀に有りときゝてよめる

藤田雪子（幽谷二女）

さくらさく春のみなとによせ来ともあだにみすべき花のいろかな

藤田益子（幽谷四女）

日本武尊（やまとたけるのみこと）の広前にぬかづき奉りて読み侍る

神よ神たとへば海の流れ木もあだしえみしにまかせずもがな

藤田東湖（水戸・五十歳）

八千矛（やちぼこ）の一すぢごとにここだくの夷（えみし）の首（こうべ）つらぬきてまし

いたづらに身をば歎かじ灯火（ともしび）のもゆる思ひを世にかかげばや

嘉永六年仰（おおせ）ごとによりて海防のこといそしみ仕へまつりける頃

かきくらすあめりか人に天つ日のかがやく邦の手風（てぶり）見せばや

村田清風（長州・七十三歳）

しきしまの大和ごころを人問はば蒙古のつかひ斬りし時宗

西北の風ふせぎして幕打てよ我が日の本のさくら観る人

よそならず思へばいと頼なり心にかゝる御代の行末

横井小楠（肥後・六十一歳）

②安政の大獄（安政五年九月）

野や越えむ山路や越えむ道わけも埋もれはててゆきぞわづらふ

鵜飼吉左衛門（水戸・五十二歳）

世にありて数ならぬ身も国の為めつくすこゝろは人に譲らじ

鵜飼幸吉（水戸・三十二歳）

鵜飼吉左衛門女(むすめ)

朝廷の御為に志をたてたる者共罪におこなはれし後、其のうたがひはれて厚く葬らせたまへる頃（文久二年）よめる

うれしさは何にたとへむやまざくらちりにし花のさきかへる世か

梅田雲浜（小浜・四十四歳）

たとへ身はいづくの里にくらすとも赤き心はいかでおとらむ

君が代を思ふ心の一筋に吾が身ありとは思はざりけり

梅田信子（梅田雲浜の妻・三十歳）

樵（こ）りおきし軒の積木も焚きはてて拾ふ木の葉の積る間ぞなき

こと足らぬ住居（すまい）なれぞも住まれけり我を慰む君あればこそ

比叡のこがらし

山寺の鐘の音さへ分かぬまで比叡の木枯ふきしきるなり

頼三樹三郎（京都・三十五歳）

吾が罪は君が代おもふまごころの深からざりししるしなりけり

浮雲の覆ふ姿はかはれども万代（よろずよ）おなじ天つ日の影

格子の外に人々うちよりて植置きし朝貌（あさがお）の咲きけるを見て

日の影にうとき垣根のあさがほもなさけの露に花咲きにけり

吉田松陰（長州・三十歳）★第二章参照

五月雨の限りありとは知りながら照る日を祈る心せはしき

日下部伊三次（薩摩・四十六歳）

君がため沈むひとやはもろともに玉のうてなの心地こそすれ

日下部裕之進（薩摩・二十五歳）

「玉のうてな」は「玉の台」、美しい御殿の意。尚、「うてな」には極楽往生した人が座るという蓮の花の形をした台という意味もある。

わしたかのたけき心をむらすずめむらがりしとて知らるべしやは

小林良典（京都鷹司家家臣・五十四歳）

たをやめも国の為をば思ふなれなどますらをのあだにすごせる

三国幽眠（京都・鷹司家侍講）

捕はれし身の憂さよりも捕はれぬ妻子のうさや更にまさらむ
告ぐる人なければ母は聞きもせじ聞くな告ぐるな吾が帰るまで

江戸檻送途中

人並に見る不二の根はかはらねど網ごしなるぞ哀れなりける

飯田忠彦（徳山・六十二歳）

さのみ君なげくな我もなげかまじわかれはあふのもとなるものを

僧月照（京都清水寺住職・四十六歳）

君が為め法のためにはつゆの命ただこの時ぞすてどころなる

弓矢とる身にはあらねど一筋に立てしこころの末はかはらじ

大君のためには何か惜しからむ薩摩の瀬戸に身は沈むとも

曇りなき心の月ともろともに沖の波間にやがて入りぬる

この二首は安政五年十一月十六日、薩摩湾にて西郷隆盛と共に入水自殺した時の辞世の歌。二首目の歌を「曇りなき心の月の薩摩潟沖の波間にやがて入りぬる」と表記しているものも有る。

二つなき道にこの身を捨て小舟波立たばとて風吹かばとて

西郷隆盛（薩摩）

月照と共に入水した時の辞世。西郷だけは引き上げられた後に蘇生し、幕府の追求を逃れる為に奄美大島に名前を変えて流された。

奄美大島にて藩主の御直書を拝読して

思ひ立君（たち）が引手（ひくて）のかぶら矢はひと筋のみに射るぞかしこき

一筋にいるてふ弦（つる）のひびきにてきえぬる身をもよびさましつつ

僧信海（月照の弟・京都清水寺住職・三十九歳）

まごころを尽さん時と思ふにはうきに逢ふ身ぞ嬉しかりける

西のうみ東のそらとかはれどもこゝろは同じ君が世の為め

梁川星巌（美濃・七十歳）

太刀はきて弓矢とる身も愧ぢぬらむ我が大君のたけき御心

老の身の終るいのちはをしからで世にいさをしのなきぞかなしき

近衛家村岡（京都）

五十三次関路（いそみつぐせきじ）の旅のつらさより白洲の上のこころやすけれ

「白洲」は罪人を取り調べる場所の事

安島帯刀（水戸藩家老・四十九歳）

国を憂ひ世を歎きてのまごころは天にも地にも豈恥ぢめやは

今更に何をか言はん言はずとも我が真心はしる人ぞしる

たえずふく嵐の風のはげしきに何たまるべき木々のしらつゆ

③桜田門外の変（万延元年三月）

金子孫二郎（水戸・五十八歳）

ますかがみ清きこゝろは玉の緒のたえてし後ぞ世に知らるべき

七たびも生きかへり来て皇国をまもりの魂とならむますらを

高橋多一郎（水戸・四十七歳）

鹿島なるふつのみ霊のみ剣をこころに磨ぎ(と)て行くはこの旅

「ふつのみたま」は、神話で天照大御神の神慮により神武

鳥が鳴く吾妻建男のまごころは鹿島の国のあるじこそ知れ

天皇が熊野の高倉下から受けて国土を平定したという霊剣

「鳥が鳴く」は「あづま」にかかる枕詞

高橋荘左衛門（水戸・十九歳）

今さらに何をかいはむいはずともつくす心は神ぞしるらむ

佐久良東雄（常陸出身・大坂坐摩神社神官・五十歳）★第二章参照

桜田の花とかばねをさらすともなに撓むべきやまとだましひ

佐野竹之介（水戸・二十二歳）

思ひきや今の憂き身はしき島のこゝろばかりの露の魁（さきがけ）

山口辰之助（水戸・二十九歳）

吹風にこのむら雲を掃はせてくもりなきよの月をながめむ

関鉄之助（水戸・三十九歳）

香ぐはしき名のみ残らば散る花の露と消ゆとも嬉しからまし

斎藤監物（水戸・三十九歳）

国の為積る思ひも天津日にとけてうれしき今朝の沫雪（あわゆき）

咲きいでて散るてふものは武夫（もののふ）の道ににほへるはなにぞありける

蓮田市五郎（水戸・二十九歳）

世のためとおもひつくせし真心は天つ御神もみそなはすらむ

母を思ひて

哀れなり昼はひねもす夜もすがら胸に絶えせぬ母の面影

寄落花述懐

急がねどいつか嵐の誘ひ来て心せわしく散るさくら哉

鯉淵要人（水戸・五十一歳）

君がためおもひをはりし梓弓ひきてゆるまじ大和魂

有村雄助（薩摩・二十六歳）

国を出づる時よめる

大君の憂き御心をやすめずばふたたび国にたちはかへらじ

有村治左衛門（薩摩・二十三歳）

君がためつくす心は武蔵野の野辺の草葉のつゆと消ゆとも

岩が根もくだかざらめや武夫（もののふ）の国のためにと思ひ切る太刀

皇孫の御為めを祈る壮夫雄（ますらお）の矢猛心（やたけごころ）のとほらざらめや

有村蓮寿尼（有村兄弟の母・薩摩）

雄々しくも君に仕ふる武士（もののふ）の母てふものはあはれなりけり

武芸の奥義は此にありとて詠める

心にもあらぬ風にもなびきつゝすなほにつよき青柳のいと

嶋　男也（水戸・五十一歳）

君がためおもひをのこす武士のなき人かずに入るぞうれしき

森山繁之介（水戸・二十七歳）

玉くしげふたにかくるゝますかがみあけてや見せむ清きひかりを

木村権之衛門（水戸・四十歳）

「玉くしげ」は「玉櫛笥」で、「ふた」などにかかる枕詞

④東禅寺英国公使館襲撃事件（文久元年・二年）

東禅寺の夷館へ討入候とき胴巻にかきつけしうた

世の中のうきをわすれてあすからは死出の山路の花をながめむ

山崎信之助（水戸・二十歳）

ただざずもただすの神もくみてしれ我がためならぬこゝろづくしを
石井金四郎（水戸・三十一歳）

日の本の為めと思ふてきる太刀はなにいとふべき千代のためしに
伊藤軍兵衛（松本・二十三歳）

⑤坂下門外の変（文久二年一月）

かそいろのそだてし身をも君がため世々のめぐみにすつると思へば
川本杜太郎（越後・二十三歳）
「かそいろ」は「父母」の意

別れては又あふことのかたければ益荒男（ますらおのこ）の袖ぞつゆけき
平山兵介（水戸・二十二歳）

小田彦三郎（水戸・三十歳）

見よや見よ臣（おみ）が心は花ざかり神代のままの春にぞありける

河野通桓（下野・二十五歳）

しこ草のしげる枯野の根をたやし春のあけぼの待つぞ久しき

大橋巻子（江戸・大橋訥庵の妻）

和宮降嫁の時に

かしこしな雲井をよそに立出でて木曽の荒山越えまさむとは

かしこくもけふ九重の御門出（みかどで）をなげきざらめやよもの民草

武蔵野の露と消えゆく人よりもおくるる袖のやる方ぞなき

天翔るたまのゆくへは九重の御階（みはし）のもとをなほや守らむ

駒なべて帰る日いつとともすれば亡きも忘れて待つがはかなさ

菊池民子（大橋訥庵の義母・義弟教中の母）

行末もかぎりあらめや神代より神のかためし大和島根は

教中を戒めた歌

すべらぎの御国おもはばふたつなきいのちを仇にちらさずもがな

横田藤四郎（下野・四十五歳）

坂下のちりを払へとしなと辺の神のさきはふ太刀風もがな

手塚（児島）強介草臣（下野・二十六歳）

しづたまき数ならぬ身も時を待ちて君がみ為にならむとぞ思ふ

大君のうきに我が身をくらぶれば旅寝の袖の露はものかは

別れうき習ひはあれど大丈夫のしのぶも国のみ爲なりけり

妻（みつ・操）

思ひを述ぶるといふ事を

絶えて世に望みなき身は天皇に君がつかへん事をのみこそ

夫によみて贈る

国の為め尽くす吾夫（わがせ）の真心をいかに此の身も仇（あだ）に果つべき

何事も女々しく何かたゆたはんますら男（おのこ）の妻となる身は

「たゆたふ」は「あちこち揺れ漂う・思い迷って定まらない」の意

夫におくる

白雲の里をば八重に隔つとも心のあふぞたのしかりける

何事も皆大君のみ為ぞと思へば何か憂きも憂からん

母（ます・益）

思ふふしありて草臣へおくる

女にこそあれ我も行くべき道を行きて倭心は劣らぬものを

別れに望みてよめる

斯くぞとはおもひ定めし事ながらさすがにうきは別れなりけり

剣太刀いよゝとぎつゝ大丈夫の清きいさをゝ後に知られよ

世の人の鏡にはせよ国の為ますら心の曇りなき身は

露の身はたとへ消ゆとも芦原の国にとどめよ倭だましひ

⑥和宮降嫁（文久二年二月）

静寛院和宮（孝明天皇の御妹）

御述懐

惜しまじな君と民とのためならば身は武蔵野の露と消ゆとも

再度（ふたたび）はえこそ帰へらね行く水の清き流れは汲みて知りてよ

（御降嫁の道中の御詠と伝わる）

落ちてゆく身と知りながらもみぢ葉の人なつかしくこがれこそすれ

旅衣ぬれまさりけり渡りゆく心も細き木曽のかけはし

十四代将軍家茂の薨去を悲しませ給ふて

三つ瀬川世のしがらみのなかりせば君もろともに渡らましものを

空蟬（うつせみ）の唐織衣（からおりごろも）なにかせん綾も錦も君ありてこそ

京に登った家茂は江戸で待つ妻（和宮）の為に、京都の西陣織の着物を買い、その後大坂城に行き、そこで病に倒れ帰らぬ人になった。「空蟬」はこの世の意

世の中の憂きてふうきを身一つに取り集めたる心地こそすれ

⑦寺田屋事件（文久二年四月）

有馬新七（薩摩・三十八歳）★第二章参照

皇(すめらぎ)の御世をむかしにかへさんとおもふこゝろを神もたすけよ

橋口壮介（薩摩・二十二歳）

東路の花と散るとも大御代の春の光を見るよしもがな

橋口伝蔵（薩摩・三十二歳）

うき雲をはらひ清めて秋津洲の大和島根にすめる月みむ

森山新五左衛門（薩摩・二十歳）

長らへて何にかはせん深草の露と消えにし人を思ふに

森山新蔵（新五左衛門の父・四十二歳）

薩摩潟とほきさかひにありとても御先(みさき)を人にゆづるべしやは

是枝柳右衛門（薩摩・四十八歳）

薩摩山けふをかぎりと越えつれば雪のしらたま袖にこぼるる

雲居にも明日か名乗らむ忍びねになきてのぼれる声なとがめそ

隼人（はやひと）のさつまのこらのつるぎ太刀ぬくと見るより楯はくだくる

田中河内介（但馬・四十八歳）

ながらへてかはらぬ月を見るよりも死して払はん世々のうき雲

ほとゝぎすなく声きけば寝ざめにもくも井いかにとおもふ此のごろ

大君の御（み）はたのもとに死してこそ人と生れし甲斐はありけり

剣太刀佩（は）く身たのしき世なりけり夷（えみし）が首を斬らむと思へば

海賀宮門（秋月・二十九歳）

玉の緒の絶えなん時に至るまで御国に尽す道な忘れそ

夏の夜のみじかき床の夢だにも国やすかれとむすびこそすれ

清河八郎（庄内・三十四歳）

魁てまたさきがけん死出の山まよひはせまじ皇の道

大君のみこころ知らば賤が身の何をいとうてつくさざらめや

御国まもる剣はく身のいかなればえみしに屈む腰やあるべき

ふきおろせ不二の高根の大御風四方の海路の塵をはらはむ

砕けてもまた砕けても打つ波は岩かどをしも打ち砕くらむ

師岡正胤（江戸国学者）

⑧等持院事件（足利三代木像梟首）（文久三年二月）

まことなき歌作りらがつくり歌われは好まず世のつくり歌

後の世の名をこそ惜め玉川の流れも清き行末を見て

仙石佐多雄（鳥取支藩・二十二歳）

あはれ世に事あら磯の浪立たば水漬（みず）く屍（かばね）はわが願ふこと

長尾郁三郎（京都・二十八歳）

心なき野辺の花さへ哀れなり今年限りの春と思へば

大庭恭平（会津）

⑨朔平門外の変（文久三年五月）

かき鳴らすたまの緒琴のことさらにふることぶみを読めよ世の人

姉小路公知（京都・二十五歳）

いにしへに吹きかへすべき神風を知らで蛭子（ひるこ）ら何さわぐらむ

「蛭子」は日本神話で男女神から最初に生れた子供だが、三歳になっても脚が立たずに流された。

神

神のもるわがこのくには千万のとしをへぬともいやさかゆらん

⑩欧米への使節や留学生派遣

【幕府の遣米使節（万延元年）遣欧使節（文久元年）】

村垣淡路守（日米修好通商条約批准の為の使節団副使）

えみしらもあふぎてぞ見よ東（あずま）なる我が日の本の国の光を

福沢諭吉（中津）

うれしやなまづふしをがむ我が国の神路（かみじ）の山の高き恵みを

植てみよ花のそだたぬ里はなしこころからこそ身は癒（いや）しけれ

【長州藩の五人が英国密航（文久三年五月）】

ますらをの恥を忍びて行く旅はすめらみくにの為とこそ知れ

伊藤博文（長州）

【薩摩藩遣欧留学生派遣（慶応元年）】

かかる世にかかる旅路の幾度（いくたび）かあらんも国の為とこそ知れ

畠山義成（薩摩）

⑪賀茂行幸・石清水行幸（文久三年三月・四月）

将軍上洛勅旨奉行する旨を聞きて

隅田川濁れる人の心をばかもの川瀬に今か洗はむ

柏原省三（土佐・三十歳）

加茂の御社に行幸ましましける時

藤本津之助（鉄石）（備前・四十歳）

いでましををがみかまけし人皆のなみだのあめかふりしきるなり

松尾多勢子（信濃）

賀茂行幸

君と臣の道を糺すの神垣にいでましの世となるぞうれしき

⑫大和義挙・天誅組義挙（文久三年八月）

中山忠光（京都・二十歳）

おもひきや山田の案山子竹の弓なす事もなく朽ちはてむとは

松本奎堂（三河・三十三歳）

君がためいのち死にきと世の人に語りつぎてよ峯の松風

吉村寅太郎（土佐・二十六歳）

ほととぎすかへれかへれとなく声ははるかにきたの雲井なりけり

曇りなき月を見るにも思ふかな明日はかばねの上に照るやと

鷲家村にて血戦の砌

吉野山風にみだるるもみぢばは我が打つ太刀の血けぶりと見よ

吉村寅太郎の母（土佐）

「秋なれば濃き紅葉をも散らすなり我が討つ太刀の血けぶりを見よ」と記された歌もある。

寅太郎都へ出立しける時

四方（よも）に名を揚げつつかへれ帰らずば後（おく）れざりしと母に知らせよ

雲をふみいはほ裂くらむ武士のよろひの袖に紅葉かつちる

藤本津之助（鉄石）（備前・四十歳）

大君の御ただむき螫（さ）すあむをおきて蜻蛉（あきつ）はなきか秋のみそらに

「ただむき」は「腕・臂」で、うで、ひじから手首までの間。「あむ」は「虻」で、あぶの古名。「蜻蛉」はとんぼの古名

伴林光平（大和・五十三歳）★第二章参照

きみゆゑに惜からぬ身をながらへていまこのときに逢ふぞうれしき

那須信吾（土佐・三十五歳）

虎吼（ほえ）るあら山中もふみ分てすめらいくさの道しるべせむ

竹志田熊雄（肥後・二十一歳）

玉きはる命は死て大きみの御代をまもりの神とならなん

野崎主計（大和・四十歳）

大君につかへぞまつる其日よりわが身ありとは思はざりけり

うつ人もうたるゝ人もこゝろせよおなじ御国のみたみなりけり

渋谷伊豫作（水戸・二十三歳）

ふみをよむかしの人の蹟を見てみさをただしき人となれかし

今よりは我にかはりてかぞいろのみもとはなれずつかへまつろへ

死を期したる時、江戸にいるふたりの妹のもとに、扇子に書つけてやりたる歌

安積五郎（江戸・三十七歳）

国の為め君の為めには惜しからね数にもあらぬ賤が身なれば

尽しても猶つくしてん君が為めしづの命のあらん限りは

尾崎健三（鳥取・二十四歳）

天津日の影だにさゝぬひとやにも春を告げ来るうぐひすのこゑ

うき雲のかゝらばかゝれ久方の空にさやけき秋の夜の月

深瀬繁理（大和・三十七歳）

あだし野の露と消え行く武夫（もののふ）の都にのこすやまと魂

田中邦男（大和・三十五歳）

みよしの丶芳野の山の薄紅葉いつか錦の色を見すらん

乾　十郎（大和・三十七歳）

いましめの縄は血汐に染るとも赤きこゝろはなどかはるべき

宍戸弥四郎（三河・三十一歳）

今は只なにかおもはん敵（あだ）あまたうちてしにきと人のかたらば

安岡嘉助（土佐・三十一歳）

古郷を思ふ寝ざめにふる雨は漏らぬひとやもぬるゝ袖かな

もみぢ葉は雪とふるともつもるともわが行く道はふみもまよはじ

荒巻羊三郎（筑後久留米・二十四歳）

もろともに君の御為といさみたちこゝろの駒をとどめかねつゝ

八幡神皇国あはれとおぼしなばうちとのえみしはらひ給へや

吉田重蔵（筑前・三十四歳）

大皇の御こゝろやすめ奉らむと露のいのちもながらへにけり

石川　一（因幡支藩・二十二歳）

いまはただなにかおもはむ敵あまたうちて死にきとひとのかたらば

宍戸弥四郎（三河刈屋・三十一歳）

大内山豊（とよ）さかのぼる朝日かげくまなくてらせ神のまにまに

船越徳蔵（徳山）

天地にきくのかをれる世にあひてうれしからめやたけき国もり

飯田簡平（飯井半平）（備前）

親思ひ子を思ひつつたつた山ゆふ日くもりて時雨ふりきぬ

祖榮尼（大和）

⑬八月十八日の政変・七卿落ち（文久三年八月）

三条実美（京都）★第二章参照

ふく風にわが身をなさば久方の月のあたりに雲はあらせじ

かくて見るわれを咎むな秋の月心は君になほ仕へけり

のどかなる昔の風にかをらせて雲居のさくら見む春もがな

三条西季知（京都）

仕へつつ身をあるものと知らぬこそ臣（おみ）の道とはいふべかりけれ

君がため思ふかひなき塵の身も心に塵はすゑぬなりけり

錦小路頼徳（京都・三十歳）

はかなくも三十年の夢はさめてけり赤間の関の夏の夜の雲

横田清兵衛（京都の書籍商・三十一歳）

君が為めすてむ命のいたづらに露と消えゆくことをしぞ思ふ

君がため思ひしことも水の泡かく消えゆくと思はざりけり

丹羽　正雄（佐々成之）（三条家家臣・三十一歳）

安芸の海にて

落ちてゆく長門のうらのながき夜をいく夜うきねにわびあかすらん

防州三田尻にて

思ひきや八重の汐路を渡り来て後の今宵の月を観んとは

おもふ心を
あまつ神くにつ御神を朝夕に祈るも君が万代の為め
河村季興（三条西家家臣・四十四歳）
なき魂は長門の国にながらへて世を思ふ君のかげにたゝなん
平野国臣（筑前・三十七歳）★第二章参照

⑭生野義挙（但馬）（文久三年十月）

おくれなば梅も桜に劣るらんさきがけてこそ色も香もあれ
河上弥市（南　八郎）（長州・二十一歳）
川上の澄めるをうけてゆく水の末に濁れる名をば流さじ
世のためと我がいつはらぬ真ごころはただすのもりの神やしるらん
戸原卯橘（秋月・二十九歳）

「ただすのもり」は京都の下鴨神社の森。

つるぎたちさやにをさめて武夫のとがまほしきはこゝろなりけり

剛毅朴訥近於仁の意を

人の目にすさめる花は咲かねども露にしぼまぬ谷かげのまつ

美玉三平（薩摩・四十二歳）

小倉山紅葉のいろはかはらねど行幸(みゆき)は絶えて年をこそつめ

黒田与一郎（但馬・三十三歳）

美玉三平の死を悼みて

武士(もののふ)の名はいつまでも木の谷のそのかぐはしき楠木のもと

くなたぶれ醜（しこ）の夷（えみし）をうちきため日本（やまと）つるぎの味見せましを

長野熊之丞（長州・二十二歳）

「くなたぶれ」は「頑狂」で、異常なほどにかたくなであること又その人の意。「きたむ」は「鞫む」で、罰する、懲らすの意

花の歌

ゆきかひの誰（た）が言の葉も梓弓はるは桜の花にかゝれり

中島太郎兵衛（但馬・三十九歳）

世の為めに思ひしこともかひなくてうきめ見るなり賤の男われも

太田六右衛門（但馬・四十三歳）

身の果をいかにと思ふこゝろよりいとど身にしむ淀の河風

生ひしげるうばらが中をおし分てきよきながれのみなもとを見む

中條基好（但馬出石・二十一歳）

伊藤龍太郎（丹波・水戸藩弘道館教授・三十二歳）

生野の名残り

千早ふる神のめぐみしまさしくばまたも世に出て夷攘はん

岩がねもくだかんものは丈夫の尽す誠の力なり（けり）

三牧謙蔵（尾張・二十七歳）

君が為おもへば何か惜しからんかずならぬ身を朽果すとも

幾度も誓うて人と生れ来むえみし奴原打はたすまで

横田友治郎（鳥取・三十一歳）

都のひとやにて

さみだれはふりまさりけり古里の我がたらちねやいかにますらむ

中原太郎（但馬・三河刈屋）

ふしておもひおきてもおもふ皇（すめらぎ）のみはたなびかしえみしはらはむ

本多小太郎（膳所・四十五歳）

捕となり都に登りける道すがら

世の中の人は何とも石清水きよきこゝろは神やしるらむ

太田六右衛門（但馬竹田・四十三歳）

もの、夫は此の世ばかりの契りかはも、世ののちも猶ともにせむ

⑮池田屋事件（元治元年六月）

宮部鼎蔵（肥後・四十五歳）

いざこども馬に鞍置け九重のみはしの桜ちらぬそのまに

おほけなき今日の御幸は千早ぶる神のむかしにかへる始ぞ

松田重助（肥後・三十五歳）

一すぢに思ひこめたる真心は神もたのまず人もたのまず

山にのみ住める人には語らじな青海原のそらのけしきを

吉田稔麿（長州・二十四歳）

結びてもまた結びても黒髪の乱れそめにし世を如何にせん

万代も流れ尽せぬ五十鈴川清けき水を汲て取らまし

望月亀弥太（土佐・二十七歳）

待ち待ちし秋にあひけり大君のみために消えむ草の上（え）のつゆ

杉山松介（長州・二十七歳）

濁るをも汲て知らなんはかりなき底の心の深き思ひを

広岡浪秀（長州・二十四歳）

よしの山桜を雪と見つるより外山（とやま）の雲も花かとぞ思ふ

いとはじな太刀の焼刃にかゝるともかねてかためし日本魂

佐伯稜威雄（宮藤主水）（長州・四十二歳）

武夫(ますらお)の腰にとり佩(は)く太刀よりもまづこゝろこそ磨くべかりけれ

古高俊太郎（山科・三十六歳）

⑯禁門の変（元治元年七月）

議論より実を行(おこな)へなまけ武士(ぶし)国の大事を余所(よそ)に見る馬鹿

来島又兵衛（長州・四十九歳）

かくまでに青人草をすべらぎのおぼす御心かしこきろかも

いくそ度くりかえしつつすべらぎのみ言し読めば涙こぼるる

いざや子ら剣とぎはけ梓弓ゆぎとり負ひて都に行かむ

久坂玄瑞（長州・二十五歳）

「ゆぎ」は「靫」で、矢を入れて携帯する容器の事

けふもまた知られぬ露のいのちもて千歳を照らす月をみるかな

玉藻刈る富海（とのみ）の浦ゆ大船に真楫（まかじ）しじぬき都にのぼる

「しじぬき」は「繁貫き」で、船端に櫂などを沢山取り付けての意

もののふの臣の男はかかる世になに床のへに老いはてぬべき

君がためつくせや尽せおのが身の命一つをなきものにして

ほととぎす血になく声は有明の月よりほかに聞くものぞなき

千早振る人の醜業（しこわざ）かゝるかとおもへば我の髪逆だちぬ

寺島忠三郎（長州・二十二歳）

吉田松陰先生の東行を送る

いく年か君は東に宿るらん古郷さむし五月雨のころ

入江九一（長州・二十八歳）

語らんと思ふ間もなく覚めにけりあはれはかなの夢の行方や

有吉熊次郎（長州・二十二歳）

うき中のうきに涙のたえせぬは別れて後のわかれなりけり

真木和泉（久留米・五十二歳）

すめるよも濁れる世にも湊川絶えぬ流れの水や汲まましし

高山の大人なにびとぞ人ならば攀ぢても見なむわれなにびとぞ

「高山の大人」とは高山彦九郎を指す。

ふかぜりのおもひ深めし一葉とは身をつみて知る人もあるらむ

「ふかぜり」は「深芹」で、根の深く土中にある芹の事

薩摩へ入る途上

小夜ふかく知らぬ旅路もひと筋の誠ばかりを知るべにぞ行く

書(ふみ)みれば思ひあはする事ぞ多き昔もかかるためしありけり

楠公を

かかる身になりてさこそと思ふかなたぐへて見むは畏(かしこ)かれども

一筋に思ひいる矢のまことこそ子にも孫にもつらぬきにけれ

もゝ敷の軒のしのぶにすがりても露のこゝろを君に見せばや

大山の峰の岩根に埋(う)めにけり我(わが)年月の大和魂

真木和泉は、禁門の変で敗れた後に天王山で亡くなった。

真木小棹（真木和泉の娘）

父の首途(かどで)によめる

あづさゆみはるは来にけりものゝふの花さく世とはなりにけるかな

かたちこそ手弱女（たおやめ）ならめますらをにかはりて国の事おもはなむ

実兄へ送る書状の奥に「ととさまの打死悲しくは候へども皇国の御為と思ば御互にめでたく」

聞く人もあはれと思へ小男鹿（さおしか）の声のかぎりは泣きあかしつゝ

大鳥居理兵衛（真木和泉の弟・久留米・四十六歳）

うき事の猶積りなば積れかしいのちのかぎり堪てしも見む

広田精一（宇都宮・二十八歳）

明日知らぬ我命ともしら浪のうへに影すむなつの夜の月

玉の緒の数ならずとて大君にさゝぐる時のなからましやは

ものゝふのかがみともせよ山桜惜しまれてちる花のこゝろを

伊藤甲之助（土佐・二十一歳）

おほけなく雲居の上を思ふなり数ならぬ身もうち忘れつつ

国を立出る時

おのが身に有らむ限りの力もて君のめぐみにこたへまつらん

三田尻にありて、雨の降りける時、故郷の事をおもひつづけて

足乳根（たらちね）のこふるなみだか村時雨身にのみかゝる心地こそすれ

半田門吉（久留米・三十一歳）

大和国にてよめる

くさの上に鎧の袖をかた敷てさむき霜夜の月を見るかな

十一月十六日、古郷の祭礼につき、防州山口にて祭る時

ともすれば涙ぐまれて故郷のこゝろばかりは忘れざりけり

幽閉中によめる

とし月はかへらぬものをくやしくもあだにすごせる身こそつらけれ

幽閉を免されしとき

かき暮らしふるさみだれにぬれ衣をほせとやそらのはれて行くらむ

津田愛之助（対馬・十八歳）

大君の御楯となりて捨る身とおもへば軽きわが命かな

田岡俊三郎（伊予小松・三十六歳）

なきあとに我が真ごころをとはれなば皇御国（すめらみくに）の人とこたへよ

中村恒次郎（筑前・二十四歳）

月日のみむかしのまゝにてらせどもかはりゆく世の末ぞかなしき

おほみため捨つるいのちはをしまねどこゝろにかゝるふるさとのこと

原　道太（久留米・二十七歳）

家を出る時庭のさくらにかきつくる歌

この春はみやこの花にあくがれむおくれずさけや庭の桜木

小橋友之輔（高松・十九歳）

国のため尽くしつくせし真ごころはもゝせの後もくちざらめやは

福谷林兵衛（徳山）

国のためいはほもくだくこゝろもてあとへはひかぬ大和だましひ

大里長次郎（土佐）

橘のにほひ流せしみなと川みづしなけれど袖はぬれつゝ

⑰水戸・筑波挙兵（元治元年八月）その他水戸藩殉難者

むさしののあなたこなたに道はあれど我が行くみちはますら男のみち

蓮田藤蔵（二十六歳）

岩にだに立つ矢はあるをいかがして我が真ごころのとほらざるべき

相見文之助（二十五歳）

秩父山吹下す風の烈しさに散るは紅葉と吾となりけり

斎藤左吉（十七歳）

武士の道はたがへじいつの世に何この野辺のつゆと消ぬとも

太宰清衛門（三十七歳）

杉浦羔二郎（四十四歳）

世のうさをかこつ涙のます鏡あかき心にくもりなければ

美濃部又五郎（四十七歳）

限りとて君が八千代をけふも猶鹿島の神にいのりてぞ行く

岡田新太郎（二十六歳）

大丈夫の伴打連（ともうちつれ）て君がためはかなくこゆる死出の山みち

武藤善吉（五十歳）

世の様をみおやの君にまをさんとけふいそがるゝ死出のやまみち

塙　弥左衛門（四十三歳）

なき後にちゝのこゝろををさなくも見てしのばなんみづくきの跡

もろ人の深きなさけに死出の山いさましくこそ我は越えなん

塙　又三郎（十九歳）

幾たびか鄙（ひな）のわら家に寝覚（ねざめ）して猶おもはるゝ君の上かな

原　十左衛門（七十九歳）

浮名たつ我身は恥ぢじ武士の君に事（つか）ふる道たがへずば

真木伝衛門（七十八歳）

散りぬともあだにはちらじ武士の雲井に匂ふさくらだのゆき

竹内百太郎（三十五歳）

山賤が柴かる鎌の欛（つか）の間も鋭心（とごころ）みがけますら雄のとも

朝倉源太郎（三十歳）

赤き我が心はだれも白露の消にし後ぞ人や知るらん

東照る神の恵みを受る身のいのち死ぬべき時はこの時

川瀬専蔵（二十四歳）

時きぬと深山(みやま)おろしのさそひきて思ひのこさず散るさくらばな

瀧平主殿（二十九歳）

来る燕帰るかりがね忘るなよまためぐり逢ふ春のなき身を

檜山三之介（二十七歳）

白露の霜と変れる今は早君が衣手薄くなるらん

土田久米蔵（二十九歳）

魁けて野辺のちまたに朽ぬともわが大君にたまはつかへん

大久保七郎右衛門（六十四歳）

秋風に身はもみぢ葉と散りぬとも赤きこゝろは千代にながさん

水野主馬（二十五歳）

君が為め捨つる命は惜しからず身は秋かぜに散り果るとも

千種鑿助（二十一歳）

魁けて散れややまとの佐久良花よしやうき名は世にのこるとも

白石平八郎（三十歳）

佩いていた太刀の鍔に刻んでいた歌

消（きえ）て無き後の名すらも君が代の護りと為れるいさを雄々しも

梅村真一郎（二十五歳）

薫る香をとめて散り行く人よりも後れて忍ぶ身こそつらけれ

出でてまた帰らじと思ふ武夫の心の花をかがみとも見よ

桜田の烈士の御霊を祀る歌の中の二首

鹿島の宮に詣でて

天の下攘ひ清めし古事を今の此世に見んよしもがな

香取宮にて

かくまでに愚なる身をかゝる世に何に為んとて神はうけみん

よしあしは神に任せてますら雄の心のたけを今や尽さん

伊藤益荒（二十二歳）

思ふ旨ありて東に下る時

思ふ事為して成らずば梓弓ひき廻さじと誓ふ都路

かたしきて寝ぬる鎧の袖の上におもひぞつもる越の白雪

武田耕雲齋（六十二歳）

「かたしく」は「片敷く」で、自分の衣の片袖だけを敷いてさびしくひとり寝をする事

討つもはた討たるるもはた哀れなりやまと心のみだれそめしを

君がためまことの道やつくさなんありて甲斐なき我が身ながらも

咲く梅の花ははかなくちるとても香（かおり）は君が袖にうつらむ

武田耕雲斎妾　とき（四十八歳）

辞　世

かねて身はなきとおもへど山吹の花ににほうてちるぞかなしき

武田彦右衛門（耕雲齋の長男）妻　千代（四十七歳）

引きつれて帰らぬ旅にゆく身にもやまとごころの道はまよはじ

武田信之介（二十歳）

死ぬるとも何か恨みん今日迄も存命（ながらう）るとは思はざりけり

かねてよりおもひそめてし真心をけふ大君につげてうれしき

藤田小四郎（二十四歳）

はづかしと思ふ心はしらつゆの消えても残れ武士の道

富永謙蔵（五十三歳）

死ぬる身は更に惜しまず思ふ事とげぬことこそ恨みなりけれ

興野都栄（二十三歳）

住みなれし獄（ひとや）の内は何かあらん哀れ道なき世こそつらけれ

大高佑武（二十四歳）

よし野山花さくときにおくれじとこゝろせかれてゆく旅路かな

大山平次郎（二十七歳）

林忠五郎（二十七歳）

あしはらにむぐらしげらば剣太刀其根のこさずなぎつくしてよ

「むぐら」は「葎」で、荒れ地や野原に繁る雑草の総称

江幡定彦（二十六歳）

かきつづりかきつづりつゝ硯のうみふかきこゝろを月やてらさむ

凝花洞てふ前に守人おほふせに折しも時雨ければ

君がためすめし宮居を守りしてしぐるゝ秋をけふもくらしつ

国分新太郎（二十一歳）

つくしてもまた尽くしてもつくしてもつくしがひなきしづが真ごころ

川上清太郎

手筒山峯吹きおろすはる風にますらたけ雄が髪さか立ちぬ

しら雪の消ゆるひまさへ待ちわびてしのび音になく谷のうぐひす

竹内百太郎（竹中万次郎）（三十五歳）

賤が男の柴かる鎌のつかの間もやまとだましひみがく友びと

伊藤健蔵

玉ちはふ神の御国のみちすぐにまもる人こそまことなりけれ

黒沢五三郎

東路を出でて日数をふるゆきのいつかおもひのとけずやはある

中村藤三郎

しきしまの大和ごころを尽くしてもあだとなる世やいかにしてまし

床井庄蔵（二十八歳）

玉の緒の絶ゆともいかでわするべき世々にあまりし君がなさけを

我死なばよつのかうべにやつの肱誠忠の鬼となりて参らん

園部俊雄（三十八歳）

世のうさを我が大君にまをさんといまいそがる丶死出の山みち

武藤善吉（五十歳）

今はこそ死出の旅路にいそぐ身のいのり置かる丶君が御世かな

那須寅蔵（二十四歳）

⑱長州藩殉難者（藩内）

君のため捨つるいのちはをしからでただおもはる丶国のゆくすゑ

長井雅楽（四十五歳）

今更になに怪しまんうつ蝉のよきもあしきも名のかはる世に

益田右衛門佐（家老・三十二歳）

福原越後（家老・五十歳）

本山のあたりに警固承りし折

守る人のやどるかりやのうら浪によらば砕かむ夷らが船

幽囚中の述懐

おしなべて曇りはてたる世の中に月かげのみぞさやけかりける

国司信濃（家老・二十四歳）

皇国の御為めとなりて関の名の赤き心を世にのこさばや

文久三年五月十日赤間関にて亜米利加船を打ち払う際の歌

君がためつくせやつくせおのがこのいのちひとつをなきものにして

八月念二日の夜雁をきゝて

故郷にふみの通ひもならぬ身の聞くもかひなき初雁の声

辞世の歌に

よしやよし世を去るとても我心御国のために猶尽さばや

宍戸左馬之介（六十一歳）

久方の雲井のはしに近ければ身にもひかりの添ふ心地して

辞　世

朝夕に手なれしものと別るゝやうき世の夢の見はてなるらん

佐久間佐兵衛（三十二歳）

今ははや言の葉草も夜の雪と消ゆく身にはなりにける哉

心あらば梢の紅葉しばし待てあはれ我身と共にちらなむ

毛利登人（四十四歳）

梓弓引てかへさぬ武士の正しき道に入るぞうれしき

すめらぎの道しるき代をねがふ哉我身は苔の下に住むとも

渡辺内蔵太（二十九歳）

はや咲けばはや手折らるる梅の花きよき心を君に知らせて

松島剛蔵（四十歳）

君が為め尽す心のすぐなるは空行く月やひとり知らん

かねてよりたてしこゝろのたゆむべきたとへこの身はくちはてるとも

清水清太郎（二十二歳）

寄柳恋

青柳のいろに染ぬる水よりもうつろひ安き人ごころかな

大和国之助（三十歳）

国の為め世の為め何か惜からん君にさゝぐるやまと心は

千万の夷の島のはてまでもわが皇国の花さかせてん
西村哲二郎（二十三歳）

丈夫の身はかくもがな吹風にいさぎよく散るはなの枝々
井手孫太郎（二十九歳）

男山我身ひとつにかけまくもかしこき御代を祈るばかりぞ
南木四郎

さくら花ちるをわするな春山のみねのあらしのさそひ来ぬ間に

⑲奇兵隊結成（文久三年）・下関砲撃事件（元治元年八月）

西へ行く人をしたひてひがし行くこころの底ぞ神や知るらむ
高杉晋作（長州・二十七歳）

後れてもおくれてもまた君たちに誓ひしことを我れ忘れめや

恥かしと思ふ心のいやましてなほらひ御酒（みき）も酔ひえざるなり

八月六日招魂祭場にて（慶応元年）

弔らはむ人にいるべき身なりしにとむらふ人になるぞ恥かし

所感

里人の知らぬもむべや谷間なるふかき淵瀬にひそむこころを

重陽

しら菊の咲きさかえぬる御世なれば取る杯（さかずき）もこころよきかな

白石正一郎（長州・奇兵隊）

白たへににほへる梅の花ゆえにあけゆく空もみどりなるらん

たれも皆かくなり果つるものと知れ名をこそ惜しめ武夫（もののふ）の道

赤根武人（長州・奇兵隊・二十九歳）

⑳藩内抗争などによる殉難者

【福岡藩】

すめらみくにのもののふは、いかなることをかつとむべき、ただみにもてるまごころを、きみとおやとにつくすまで

加藤司書（三十六歳）

秋くれてまだぬぎ捨てぬ濡衣（ぬれぎぬ）の身はかしこくも神のまにまに

海津幸一（六十二歳）

竹の杖つくともつきじ老てなほうき節しげき世をたどる身は

中村円太（三十一歳）

二度国を出る時家に残せるうた

鬼神もひらかざらめや一すぢにおもひ立ちゆくものゝふの道

有志の徒と脱走の砌（みぎり）

ひと筋に我が大君の御（み）ためぞとおもひわけゆくものゝ夫の道

都の軍事ならず引きかへしける時

こゝろなくながらへし身のかぎりぞとまたれし秋もくれはてにけり

尾崎惣左衛門（五十四歳）

天津風八重棚雲を吹払へ隈（くま）なき月の影見まくほし

たらちねのをしへも今は身にしみてむかしを忍ぶわがなみだかな

故郷にかくなる事は露しらで我帰るさを今日も待らん

森　安平（三十八歳）

露時雨いたくなふりそ神無月きし濡衣をいつかほすべき

八百万神の御稜威のつきせずばまた埋木に花もさきなむ

万代十兵衛（三十一歳）

浮雲はまだ晴（はれ）やらぬ身なれども露もこゝろを世には残さじ

野村助作（二十四歳・野村望東尼の孫）

かたかたの親を残してわれははや死出の山路を行くぞかなしき

大空の月の光はさやけきに風吹はらへ八重のむら雲

今中祐十郎（三十一歳）

たとひ身は露と消ゆとも武士の心の魂の曇り果べき

今中作兵衛（二十九歳）

憂きことの木葉とつもる我宿は照す月さへしのび顔なる

安田喜八郎（三十一歳）

仇まもるつくしの国の人はみなやまとごころになさんとぞ思ふ

筑紫　衛（三十一歳）

醜臣（しこおみ）にかりにも腰をかがむるは死ぬよりつらき心地こそすれ

中村哲三（二十九歳）

なかなかに死ぬこそよけれながらへて夷のくににみつぎせんより

瀬口三兵衛（二十九歳）

めでて見し萩もすゝきも冬がれて野の辺さびしくなりにけるかも

大神壱岐（三十二歳）

平野国臣京師の獄中に斬られたるを聞き月照が墓に「過ぎにし人のこゝろみじかき」と書き付けたるを思ひ出してよめる

みじかさと書きにし人も今ははや同じ草葉の露ときえつゝ

吉田太郎（三十七歳）

鬼神もあはれとおもへものゝ夫のいのちにかへてつくす心を

江上栄之進（三十二歳）

【対馬藩】

後の世の為め思ふ身は草の葉のつゆと消ゆともなどか惜まん

大浦　亨（十七歳）

大竹捨巳（二十四歳）

冬枯の木の葉と共に散るものはあかき心のもの丶ふと知れ

両親へ贈る

親と子のたのみも絶えて今はただ魂しひのこる古郷のそら

久太郎へ贈る

義をふみて節をかへむは人のつねもとの真ごころ踏みなまよひそ

河内染右衛門（二十一歳）

忠と義の道をたどりし甲斐もなくわがぬれぎぬをほさぬかなしさ

波多野美根介（三十二歳）又は一宮五郎（四十三歳）

古のひじりの教へ踏ゆきてかへる心ぞうれしかりける

梓弓張りし心はつよけれどひく手に弱き身とはなりけり

多田外衛（五十歳）

曇りなき月日の下にうき雲のかゝることゝは思はざりしを

唐坊荘之助（四十二歳）

武士の捨る命は惜しからずえみしを討たで死すぞ口惜し

平田観之輔（二十三歳）

冬空に曇りもやらず月澄みて心のくもゝしばし晴れなん

鳥居嘉津衛（二十九歳）

つひにゆく道とはきけど梓弓はるをも待ぬ身とぞなりける

大谷　存（四十歳）

全きも瓦と為りて何かせん砕くる玉と為るぞうれしき

君が代の曇りも晴て行くならばあとにこゝろはのこさじものを

田中貫治（二十歳）

母へ贈る文の末に

書きおくる我が手ながらもなつかしや恋しき人の見んとおもへば

青柳　蔀（三十一歳）

賤が身を時雨とともにふりすてて高天が原の月ぞさやけき

内山右馬四郎（三十七歳）

二十（はた）余り八（や）とせの冬のけふ迄も国の御為と思ひつゝゆく

平田主米（二十八歳）

【加賀藩】

いさぎよくちしほとなりて枝々のわれおくれじと散る紅葉かな

青木新三郎（三十二歳）

敷しまや我が秋津洲の武士は死すとも朽ちじやまとだましひ

小川幸三（二十九歳）

吾が霊（たま）はやがて雲居をかけりつつ御階（みはし）が下（もと）に馳せ参るべし

福岡惣助（三十四歳）

国のため義のためいのち捨つるなりなにか此の世におもひのこさむ

近藤岩五郎

【鳥取藩】

太田権右衛門（三十歳）

賀茂の神社に詣でて

これやこのわき雷（いかずち）の神の宮わきて涼しき森の下風

賀茂別雷神社、通称上賀茂神社は、賀茂別雷命（カモワケイカズチノミコト）を祀る。

増井熊太（二十二歳）

ますらをが心もとぎしやき太刀のひかりにうつる秋の夜の月

今は世に思ふことなき身ながらもなほこひしきは親の面影

吉村慎助（三十歳超）

うつろはで散るを心の桜花ますらたけをもかくぞあるべき

国のため力の限り尽さなん身の行末は神のまにまに

【姫路藩】

しひて吹くあらしの誘ふ紅葉にもなほくれなゐの色はかはらじ

河合総兵衛（四十九歳）

ひをむしの身をいかでかは惜むべきただをしまる丶御世の行末

「ひをむし」は、かげろうの類の虫、短命で朝に生れて夕べに死ぬという。

河合伝十郎（二十四歳）

此まゝに身は捨るともいき変りほふりころさむ醜のやつ原

萩原虎六（二十二歳）

よしや身は草むす野辺に埋む共君のなき名を洗ひすゝがん

うたてやな道ある道に迷ふ身の死出の山路の行へをぞ思ふ

「うたてやな」は、嘆かわしい事だなあ・情けないなあ、の意

国のため君の御為と祷(いの)りつる神やまことを見そなはすらん

松下鉄馬（三十歳）

露となり草葉の下に消(きえ)ぬともあかきこゝろは世々に残さん

市川豊二（二十四歳）

桜木にあかき心の色みせてちるをならひのはるの山風

伊舟城源一郎（三十五歳）

降積る雪に緑はうづむともとけてあらはる千世の松がえ

江坂元之助（二十七歳）

【徳山藩】

両親に贈る

河田佳蔵（二十三歳）

子を思ふおもひは胸にみちぬとものどめてゐませ千世に八千世に

「のどむ」は「和む」で、落ち着かせる、静める、ゆったりさせる、の意

井上彦太郎（二十三歳）

かげろふの有かなきかの身をつみて人の痛さもさとりこそすれ

甲子の年始によめる歌（文久四年・一八六四年）

信田作太夫（三十七歳）

幾度か今年ばかりと思ひしが又あらたまの春にあひけり

福島男也（二十八歳）

すゝみ出てあらしに向ふものの夫のけふをかぎりの死出の山みち

【膳所藩】

亡き親の魂のかざしと手折もてけふたてまつる夏草の花

高橋作也（四十一歳）

このもとにかゝる秋風吹かざらばはゝその梢色に染（そめ）しを

「ははそ」は「柞」で、樹木の楢や櫟等の総称で秋の季語。「ははそばの（柞葉の）」と使えば母にかかる枕詞となる。「こ（子）」と「はは（母）」と対置して詠んでいる。

保田信六郎（二十八歳）

数ならぬ賤が玉の緒絶ゆるとも絶えぬは君がなさけなりけり

阿閉猪三郎（三十九歳）

世に晴ぬ詠（なが）めのみして果ん身のあとだに照らせ秋の夜の月

高橋雄太郎（三十三歳）

武士のならひと知れど身の果のかゝるべしとは思ひかけきや

憂きをのみ見せつる子ぞと捨てもせで猶思ひやる親をしぞ思ふ

増田仁右衛門（二十七歳）

君が為尽しゝかひも難波江のよしもあしきと替る世の中

家人の夜な夜な夢に見えつるは相思ふ魂や通ふなるらん

獄中より妻がもとへ

このまゝにあはで果つ共末かけし契りはともに忘るべきかは

またその妹に

朝な朝なむぐらに繁くおく露は親を思ふのなみだとは知れ

槙島錠之助（二十五歳）

わが身には赤きこゝろと一筋に思ひたがへしことぞ哀しき

森喜右衛門（三十七歳）

異国（ことくに）のいづこにもなき山ざくら移してぞ見むもろこしの春

【越後村松藩】

下野勘平（四十三歳）

身は苔の下に朽つとも五月雨の露とは消えじ大和だましひ

【肥後藩】

樋口直次（二十三歳）

けふ出でていつ帰るべきふる郷をおもひなみだのせきあへぬかな

武士と世に生れずばかくばかりおやはらからになげきかけじを

樋口直次の母

武士の取つたへたる弓束弓ひきてかへるな名を遺すまで

「弓束」は矢を射る時、左手で握る弓の部分。直次に与えた歌

永鳥三平（四十二歳）

此ころはさくら一木に馴初てうき世のことを忘れぬるかな

河上彦斎（三十八歳）

君がため死ぬる屍に草むさば赤き心の花や咲くらん

子の彦太郎へ

子を思ふわが真心は大君の御楯になれといのるばかりぞ

妻ていに

ゆがみなき竹のみさをを頼むぞよただ一本のなでしこの花

ふるさとの母をしのんで

事しげき憂世ながらも捨てがたき唯たらちねを思ふばかりは

長州にて征長軍と戦ふの間に

かかるとき捨つべきものと垂乳根のかねて育てしわが身なりける

長州より故郷に帰らんとして

しらぬ火の国におもひをこがすこそあかき心のしるしなりけれ

獄中詠

これまでのいのちなりけりもののふの道より外(ほか)に何か思はむ

肥後勤王党の河上彦斎は、維新が成った後に明治政府の開国政策に反対して帰国、その後逮捕されて明治四年十二月に刑死した。

【英彦山(ひこさん)】

城島公茂（英彦山座主家臣・四十五歳）

あれはてゝむぐらが庭となりぬとも昔に匂へ山さくら花

義俊坊

罪あらばうてよたゝけよこれやこのきみにさゝげし命とおもへば

成圓坊

君が為め捕はれぬともいとはめやたのむは宿にのこる母人

本覚坊

ゐみしらが耳はなきりて百千塚(ももちづか)つかでやまめやますらをのとも

【土佐藩】

武市半平太（三十七歳）

元日に（元治元年）

年月はあらたまれども世の中はあらたまらぬぞ悲しかりける

島本審次郎、少し遅れて同じ山田町の獄に下りしが、中秋の夜「いまはしきひとやの軒のひまよりも月は誠を照らしてぞ行く」と書て贈りければ、その返しに

大空に照る月影は清けれどおほえる雲をいかにせん君

筆の跡見るにつけつゝゆかしさのなほいやまさる君の面影

家人に寄せし歌

世を思ふ心の足らでかゝる身はひまもる月の影もはづかし

ふたゝびと返らぬ歳をはかなくも今は惜まぬ身となりにけり

兄半平太も西方の獄にありければ

田内衛吉（武市半平太の弟・三十歳）

西東かはるひとやにかはらぬはまことを尽す心なりけり

元治元年正月、母のもとより餅を送りこしければ

忘れめやひとやの憂も初春は祝へと賜ふ親の心を

二月の末、母また山桜一枝を寄せける時

たらちねの心ひとへにふくめばや獄屋（ひとや）のうさも開くうれしさ

平井収二郎（二十九歳）

酒のみて舞へようたへよますらをの明日をもしらぬけふのまどゐは

山内容堂により諸藩応接役を解かれて

世を思ふ我が真心の足らねばや猶うきふしの重ねきつらん

自刃の命を拝せし時

もゝちたびいきかへりつゝうらみむと思ふ心の絶えにけるかな

もののふの道とは思ひかへしても生き残る親の秋の夕ぐれ

平井収二郎の妹　加尾

たらちねのためにかくとは思へどもなほ惜まるゝ今日の別れ路

加尾は三条家に仕えていたが、収二郎が京摂で国事に周旋する為に上京したので、兄に替って故郷の父母に孝養を尽くそうと思い立ち、三条家に暇を請うて国に帰る事にした折の歌

間崎哲馬（三十歳）

ことし二歳になれる一女の事を思ひて

もる人のあるか無きかは白露のおきわかれにし撫子の花

おほかたの人の袂はかはれども我濡衣はぬぐよしぞ無き

島村衛吉（三十二歳）

乱れあふ千草が中に咲く花もときは違へず散らんとぞ思ふ

岡本次郎（三十五歳）

国の為尽す誠のつゆだにもとほらで消る今日ぞ悲しき

清岡治之助（四十一歳）

帯ぶる所の大小の刀に、各々刻して志を叙す

おひしげる国のしこ草きり払ひ道びらきせん太刀はこれぞも

玉鋒の道をわけゆく武士のやまと心は折れじまがらじ

辞　世

砕けてはあだし光もとどめまじ蓮(はちす)に宿る露の白玉

「あだし」は「徒し」で、はかない、あてにならないなどの意を表す。

近藤次郎太郎（二十五歳）

君が爲め尽し丶事のかひぞなきあしたの原の露と消ゆる身

木下嘉久次（二十一歳）

死ぬる身も何か恨みんかばねむす草に花さく時もあるべし

木下愼之助（十六歳）

かずならぬ身のなる果ては惜しからず世の為め君の為めと思へば

豊永斧馬（二十七歳）

白露と消ゆる我身は惜しからで惜きは後の名のみなりけり

千屋熊太郎（二十七歳）

ますら男の身は朽ぬともまごころは留めて国の末を護らん

阿波の牟岐浦に留まりける時

身のはてはいかになるとのしほならでさわぐ心ぞ阿波（あわ）れとは見よ

寺尾権平（二十四歳）

「しほ」は「潮・汐」で、海水の干満、しおどきなどの意。

醜ゑみしをがみてもみよ秋津州やまとしまねの花の大君

掛橋和泉（二十八歳）

君がため都のそらにいそがれてやへの山路は高しともなし

大利鼎吉（二十四歳）

家人に宛たる文に頭髪を截入て

ふる郷にかねてぞおくるくろかみは我がなきあとのかたみともみよ

君がため尽す心は水の泡消（きえ）にし後は澄み渡る空

岡田以蔵（二十八歳）

沢村惣之丞（二十五歳）

生きて世に残るとしても生きて世の有む限りの齢なるらめ

【堺事件殉難土佐藩士】

堺事件（慶応四年二月・堺警備の土佐藩兵が海岸測量中のフランス兵士を攻撃し十一名の死者を出した。）の責任を取って切腹した土佐藩士の辞世

西村左平治（二十四歳）

風にちるつゆとなる身はいとはねどこゝろにかゝる国の行くすゑ

杉本広五郎（三十四歳）

皇国の御ためとなして身命をまつるいまはの胸ぞすずしき

勝賀瀬三六平（二十八歳）

かけまくも君のみためと一すぢにおもひまよはぬしきしまの道

人ごころくもりがちなる世の中にきよきこゝろの道びらきせむ

森本茂吉（三十九歳）

たましひをこゝにとどめて日のもとのたけきこゝろを四方（よも）に示さむ

柳瀬常七（二十六歳）

皇国のために我が身を捨ててこそしげる葎（むぐら）の道びらきすれ

池上弥三吉（三十八歳）

我もまた神の御国の種なればなほいさぎよきけふの思ひ出

大石甚吉（三十五歳）

塵泥（ちりひじ）のよしかゝるとも武士のそこのこゝろはくむ人ぞくむ

山本鉄助（二十八歳）

身命はかくなるものと打ちすてゝとどめほしきは名のみなりけり

北代堅助（三十六歳）

時ありて咲きちるとてもさくら花なにかをしまんやまとだましひ

稲田貫之丞（二十八歳）

責任者の箕浦元章（二十五歳）は、辞世に漢詩を詠んで壮絶凄惨な自決を遂げた。

漢詩（読み下し）は「洋氛を除却して国恩に答ふ。決然として豈人言を省みるに叶はんや。唯大義をして千載に伝はらしめば、一死元来論ずるに足らず。」

㉑薩長連合（慶応二年一月）

望月のひかりは空にみちぬべしうき雲霧はよしおをふとも

島津久光（薩摩藩主・島津茂久の父）

老の波たちそふ身にも春の日のもれぬひかりにあふぞうれしき

大君のふかきめぐみをうくる身はとしの暮るるも知らずぞありける

夜よしとも見えぬながよの秋の月都のそらはすむやすまずや

故郷の桜の梢いかならん都は今ぞ花盛りなる

西郷隆盛（薩摩）

国のためみがきあげたる白玉をなげうつ時は今ぞ来にける

上衣（うわぎぬ）はさもあらばあれ敷島の大和（やまと）にしきを心にぞきる

憂きことの稀にしあればくるしきを常と思へば楽しかりけり

君がため深き海原ゆく船をあらくな吹きそしなとべの神

諸人（もろびと）のまことのつもる船なれば行くも帰るも神や守（も）るらむ

みだれたる糸のすぢすぢ繰返しいつしか解（とか）る御世となるらん

兵に徴されて行く君を送りて

君のためいそしみつくせ国のためこゝろはげめよ武夫(もののふ)の道

西郷糸子（西郷隆盛の妻）

ゆきに堪へ風もいとはず君のためいでゆく人のふかきこころは

木戸孝允（長州）

小楠公を

矢じりもてしるせる君が言の葉は身を貫きて悲しかりけり

大君の春ならぬ世と知りぬらん花もことしは去年(こぞ)にかはれる

文久四年の始めに入京し潜んでいた頃の歌。八・一八政変で都の雰囲気が公武合体一辺倒になった無念を込めている。

月と日のむかしを忍ぶみなと川ながれてきよき菊のしたみづ

坂本龍馬（土佐・三十三歳）

人ごころ今日やきのふと変る世にひとりなげきのます鏡かな

ゐにしらが艦寄するとも何かあらむ大和島根の動くべきかは

世の人はわれをなにとも云はばいへわがなすことはわれのみぞしる

伏見より江戸へ旅立つとき

又あふと思ふ心をしるべにて道なき世にも出づる旅かな

大政返上の議決したる時

心からのどけくもあるか野辺はなほ雪気(ゆきげ)ながらの春風ぞ吹く

坂本　龍（龍馬の妻）

思ひきや宇治の河瀬の末つひに君と伏見の月を見むとや

中岡慎太郎（土佐・三十歳）

大君のおほみ心をやすめんと思ふこころは神ぞ知るらむ

大君の辺にこそ死なめますらをの都はなれていつかかへらむ

野村望東尼（筑前・六十二歳）★第二章参照

もののふのやまと心をより合せただひとすぢの大綱（おおつな）にせよ

全集には掲載されていないが、『愛国百人一首』に掲載

㉒出流山挙兵（慶応三年十一月）

西山謙之助（美濃・二十三歳）

初めて江戸に赴かんとして壁上に書き記せし歌

思ふことなりもならずもものゝふのかくて空（むなし）くやまんものかは

ふるさとなる父兄に其志を告げやりける

強ちに書かゝなむとおもふにも先だつものは涙なりけり

我魂は兄の命に添ひまつりかくり世よりぞ仕へ奉らむ

常田国俊（佐賀・五十二歳）

今宮の神もあはれと見そなはせ国につくさんやまとごころを

大谷国次（上野・二十四歳）

ふみまどふ人もあらじな法の山出る高嶺の月のひかりに

赤尾清三郎（下野・四十七歳）

大君の辺にこそ死なめ人はただ浜の真砂の数ならずとも

大島馬之助（下野・二十二歳）

名にしおふやまと刀の切味を試すは松の一枝にこそ

死出の旅名ごりの今際（いまわ）くれなゐに野山の雪を染めてながめん

神山彦太郎（下野・十八歳）

㉓大政奉還、王政復古の大号令（慶応三年十二月）

賤が屋に身は垢づきて住めれどもなほ煤（すす）けぬは心なりけり
たれこめてとる身ならねどもののふの心の真弓ひかぬ日もなし

岩倉具視（京都）

天地（あめつち）のそきたつ極み照らすべきこの日の本の武士（もののふ）や誰れ

「そきたつ」は「退き立つ」で、遠く離れて立つの意

長門なる豊浦（とよら）の宮をはじめにて我が神風は吹かむとすらむ
うつろはぬ菊のさかりに九重のひさしき秋も見えわたりけり

正親町三条実愛

毛利元就の画像に

大御門たすけましつるみ心をうけつぎ行かむ万代までに

毛利元徳（長州藩主）

住む神かこゝろをそへて音羽山流るゝ瀧の清きこゝろは

身にひとつちりもかゝらぬ白糸に瀧のこゝろぞすみ増ける

紅葉の影に流るゝ谷川の底まで深き紅の色

小松帯刀（薩摩）

よろづ代をまた改めて今日よりは天津ひつぎとなりにけるかな

王政復古の喜びを詠んだ歌

今花盛成りける

契り置きしここ路はさらになけれどもわれをまちてか花は咲くらむ

脚痛での温泉療養から鹿児島に帰る時の歌

大久保利通（薩摩）

仰をかうむりて難波に赴ける舟中にて

君がため砕くこゝろは荒磯の岩間にあたる浪はものかは

赤穂の城を遙に見て

此城の根に居りたる大石の動かぬ道を世にてらすかな

夜の春雨といふ事を

語らひし友はかへりて春の夜の雨はさびしきものにぞありける

故郷花

春もなき御代ともしらで故郷に匂ふもあはれ山ざくらばな

池　蓮

いけの面にさかる蓮の花見れば我がこゝろさへ濁らざりけり

華洛月

陰もなき御代の光りもみゆるかな大内やまの秋の夜の月

題しらず

ときによりちしをの浪もたゝせずば濁り果てたる御世は澄むまじ

㉔戊辰戦争（明治元年）

山県有朋（長門）

夏のころ越後の国妙見峠にて戦ひけるとき

あだまもるとりでのかがり影ふけて夏も身にしむ越(こし)の山かぜ

うちいだす筒のけぶりのかきくもりたまはあられの心地のみして

津川をわたりて会津にうち入けるとき

あひづ山にし吹(ふく)風のかぜさきにあだもこの葉もたまりかねつゝ

同志の士の多く討死しけるを祭るとて

なき人をなげきし友も今はまたなき数にいる世こそつらけれ

大村益次郎（長州・四十六歳）

朝顔の花のようなるコップにてけふも酒々あすも酒々

日記に記した「蘭人狂歌」とある歌。極端な洋化への批判

桐野利秋（薩摩）

草枕死出の山路はたどるともはらはでやまぬ東夷（あずまえみ）しを

相楽総三（江戸・赤報隊）

身の憂さを語り聞かせん友もなし夢を頼みの一人寝の床

落合ハナ（三田薩摩藩邸表小姓落合孫右衛門の妻）

おほぎみとみくにのためにすててこそいのちかひあるやまとなでしこ

太田垣蓮月尼（京都）

戊辰のはじめ事ありしをり

うつ人もうたるる人も心せよおなじ御国の御民ならずや

仇味方勝つも負くるも哀なりおなじ御国の人と思へば

初　春

よろづ代の春のはじめと歌ふなりこは敷島のやまと人かも

日柳燕石（讃岐・五十二歳）

をのこにおはします人々のうらやましければたはぶれに

弓矢とり太刀さげはきてこん世には君につかふる身と生れこん

護良親王

高光るみこを岩戸にかくさずば常闇（とこやみ）の世とならざらましを

楠公祠に詣

わが佩ける太刀の直刃のひとすぢに祈る心はただ君のため

佐々金平（久留米・二十五歳）

㉕それ以外の様々な志士の歌

橘曙覧（福井・五十七歳）★第二章参照

副島種臣（佐賀）

湊川神社に詣でての歌

今もなほ天津日嗣の御代ぞかし守らせ給へ楠木の神

竹内五百都（葛城彦一）（薩摩）

埋火のもとつ思ひをかき起しかきあらはして語る夜半かも

原田七郎（豊後田川郡祠官・六十一歳）

ふゝめりし片山ざとの梅の花雲井ににほふ時をこそ待て

「ふふむ」は「含む」で、花や葉がつぼんでいて開ききらずにいる様を言う。

高橋清臣（豊後玖珠郡祠官・五十八歳）

事しあらばふつのみたまととり佩きて君の御楯とならましものを

甲斐右膳（日向米良郷祠官・四十八歳）

霜露のおきての後ぞもみぢ葉のあかき心は人のめづらん

甲斐大蔵（右膳長男・人吉藩・二十七歳）

天津日のみ為に消えて匂ふかなよしの丶山の花の下露

曲直瀬是盛（京都・三十歳）

いざこどもしばしばしのべ君が代を千代に栄えん御代となすまで

林田衛太郎（京都・二十二歳）

つるぎ太刀さやぬきはなし益良雄がきそひたけばむ時は来にけり

天つ日の神のひかりに生れ来てあれ出でたりし大和だましひ

村井修理（京都・三十三歳）

いかでかくあだにはなりし君のためこゝろひとつに尽せしものを

若江薫子（京都）

ゆく秋のあはれもいとど知られけり旅寝の空に罪を待つ身は

与謝野礼厳（京都）

をのこはも国を嘆けど若草のつまの嘆くは家のため子のため

岩名政之進（江戸）

ほととぎす都の空にかけらんと先づ啼渡る太平の山

湊川水上遠くほととぎす昔忍びて啼き渡るらん

秋元正一郎（姫路・四十歳）

速鳥（はやとり）の御舟うかぶる朝潮にねがひも満ちてゆく心かな

門田堯助（備後）

いかに堪へいかに忍ばむ去年（こぞ）今年また来む春の国の御恥を

河野鉄兜（播磨・四十三歳）

よしあしの人のさだめはさもあらばあれ天（あま）つとがめの名だにおはずば

辻　辰之助（出羽）

日の本に立ち掩（おお）ふ霧も払ひあへずみ隠りませる御意（みこころ）おもほゆ

丸山作楽（島原）

国のためつくす心はくれなゐの赤馬（あかま）が浦の矢さけびの声

曇なき真澄の月の心もてあはれ雲井に名を残さばや

本間精一郎（寺泊・二十九歳）

くらやみの死出の山路はたどるともまよひはせまじ日の本の道

鈴木豊太郎（幕府御家人）

あなうれし我が大君の御こゝろをやがてやすめむ年とおもへば

人見淡雲（大洲）

かりの世にすみのころもはきつれどもこゝろはあかきやまとだましひ

僧　赤城（野州）

ますら雄のおもひ立ちにし旅なれば朝気の寒さなどいとふべき

千葉監物（野州）

村上荷汀（越後）

月も日もみな常闇(とこやみ)となれる世に我が身ひとつはもののかずかは

堤　治郎（三河）

遠祖(とおつおや)のその真ごころをうけつぎて皇大王(すめおおきみ)につかへまつらん

いたづらにくちはてめやは国のためきみのみためとおもふ我が身は

大ぞらにのぼらん龍の時なくてむなしく淵にひそむけふかな

里見次郎（紀州）

君が代をひきかへすべき梓弓ひきつゝあだにたゆむべしやは

張る弦(つる)の昔をおもふ梓弓春とともにやひきかへさなむ

松林廉之助（大村・二十九歳）

梓弓こゝろのまゝに引きしめてなどか一矢のとほらざらめや

伊東甲子太郎（山陵衛士・三十三歳）

赤間の関にゆきてよめる

身をくだきこゝろつくしも黒かみのみだれかゝれる世をいかにせむ

大君の御ためおもへばますら雄のそでになみだのかゝる世の中

筑紫に月を見て

かしこくも憂き世の月は大君の御袖にも猶かげやどすらん

ふるさとの母の御袖にやどるやとおもへば月のかげぞこひしき

波風のあらき世なれば如何にせんよしや淵瀬に身はしづむとも

佐野七五三（しめ）之助（尾張・三十三歳）

ふたはりの弓引くまじと武夫（もののふ）のただひとすぢにおもひきるなり

坂本龍馬ぬし横死せられたると聞きて

たづぬべき人もあらしのはげしくてちる花のみぞおどろかれぬる

服部三郎兵衛（赤穂・山陵衛士）

益良雄の七世をかけて誓ひてしことばたがはじ大君のため

藤堂平助（江戸・二十四歳）

千早振よろづの神に祈るなりわかれし君のやすかれとのみ

中西君尾（京都祇園芸妓）

長州藩士の品川弥二郎が九州に旅立つ時に詠んだ「また来んといつとさだめず不知火のけふ九重の都をぞたつ」への返歌

露をだにいとふ大和の女郎花（おみなえし）ふるあめりかに袖はぬらさじ

遊君　桜木（武蔵）

露をだにいとふやまとの女郎花ふるあめりかになびけとはなぞ

遊君・花扇

第二部　幕府への義に尽した人々の歌

飛鳥川きのふの淵はけふの瀬と変はる習ひを我が身にぞ見る

長野主膳（彦根藩士・井伊の懐刀・四十八歳）

「飛鳥川」は奈良の大和川の支流。流れの変化が激しいことから変化の激しいことに譬えられる。

閑居蛍

打ち群れて燃ゆる蛍の影見れば払はぬ庭の甲斐もありけり

堀田正睦（幕府老中・五十五歳）

咲くも時ちるも時なるさくら花身を春風のふくにまかせて

岩瀬忠震（外国奉行・四十四歳）

いつかわが豊葦原の神風を五つの国に吹ったへてむ

明らけき御代のいさをもあらはれて心まばゆき日のもとの船

日米修好通商条約の勅許を得ようと京都で奔走した折の歌

世にすみし姿をかへて荒川の蘆穂(あしほ)の蓑(みの)に身をや隠さん

依田雄太郎（幕臣・新徴組）

闇の夜に死出の山路に懸(かか)る身はまつの光りをたよるばかりに

佐々木只三郎（京都見廻組・坂本龍馬暗殺に関与）

弓馬(ゆみうま)も剣(つるぎ)も鋒(ほこ)も知らずとも恥をだに知れ武士(もののふ)の友

川路聖謨（勘定奉行・六十八歳）

生替(いき)り死(しに)かはり来て幾度も身をいたさなむ君の御為(みため)に

「君」は徳川慶喜のこと

小栗上野介（勘定奉行・四十二歳）

武蔵野に見し月影を唐の山の麓にけふ見つるかも

篤姫（十三代将軍家定の妻）

明治十年和宮薨去後に和宮を偲んで詠まれた歌

消ましじ君が御たまやいかならんかくあさましき家を見つゝも

徳川慶喜（十五代将軍）

踏み分けて尋ぬる人のあとをこそ若菜の雪も下に待つらめ

この世をばしばしの夢と聞きたれどおもへば長き月日なりけり

大久保一翁（若年寄）

年の暮に梅の花を見て（慶応三年）

いかにして浮世の塵に塵ほども染まる色なく梅は咲くらん

山岡鉄舟（精鋭隊）

晴れてよし曇りてもよし不二の山もとの姿はかはらざりけり

永井尚志（若年寄・函館政府函館奉行）

漕出でしきのふはむかし吾妻かた心筑紫のみちのくのそら

勝海舟（軍艦奉行）

ぬれぎぬを干そうともせず子供らがなすがまにまに果てし君かな

西南戦争で亡くなった西郷隆盛を偲んで詠んだ歌

討つ人も討たるる人も味気なや同じ御国の人と思へば

高橋泥舟（遊撃隊・頭取）

野に山によしや飢ゆとも蘆鶴のむれ居る鶏の中にや入らむ

月は雲くもは何れのものならむさけて光りを武蔵野の原

天野八郎（彰義隊・副頭取・三十八歳）

雲水の行衛（ゆくえ）はいづこむさし野をただ吹く風に任せたらなん

但木土佐（仙台藩士・五十三歳）

危ふきを見すてぬ道のいまここにありてふみゆく身こそ安けれ

坂英力（仙台藩士・三十七歳）

花は咲く柳は萌ゆる春の夜に移らぬものは武士（もののふ）の道

楢山佐渡（盛岡藩士・三十九歳）

故郷の越地（こしじ）は遠し播磨山（はりまやま）澄める月こそ変はらざりけれ

河井継之助（長岡藩・四十二歳）

松平容保（会津藩主・京都守護職）

異国船渡来のをり

安房の海や沖つ白浪治まれるむかしにかへす神風もがな

うちよする異国船をことごとくつがへすべき神風もがな

京都守護職拝命をうけて実父高須藩主松平義建におくりし歌

行くもうし止まるもつらしいかにせん君と親とを思ふこころを

父からの返し歌「父の名はよし立てずとも君がためいさをあらはせ九重のうち」

都にのぼりける折富士を見て

大方の眺めなりせばふり捨てゆかましものを富士の白雪

二条殿（二条斉敬）の加茂川の館に侍りて

東屋のあまりあかれぬ眺めより帰るさしらぬ加茂の川浪

同じをりに

世の中のちりをはなるゝ心地して心もすずし松かげの宿

同じ折祝の心を

立騒ぐ世にはならはで底清きむかしにかへれ加茂の川浪

京都守護職中、松平春嶽うしと事を論ぜし後によみたる歌

おのづから雲はふもとに収りて朝日のどけき花をみるかな

主上（孝明天皇）の雲かくれ給ひしましたの春に

余所(よそ)はいかにかくて都のうちはなほ泪(なみだ)にかすむ春の空かな

あらたまる年ともいはずなげきつつ千々に心を砕く春かな

過しとし都にのぼりけるをり

世のために君たのみませ昔より雨ももらさぬ松の大樹を

さまざまなげくをり

うきことを忘れんとすれば心から猶（なお）思ひそふ我ぞ苦しき

滝沢のたゝかひ十あまり五たりのをの子どもかなはしとや思ひけん
あはれをしう腹かききりなどして死したりけるをそのまゝうつし
画にせしを見てあはれさのあまり

千代迄とそだてし親の心さへおしはかられてぬるる袖かな

花ならばまた咲またぬ壮士（ますらお）のあたら嵐に散るぞかなしき

「滝沢」は白河街道の滝沢口。藩が本陣とした家が
あった。「うつし画」は白虎隊の戦いを描いた絵

懐旧

去年（こぞ）の秋露ときえにし武士（もののふ）の涙やけふのあめとふるらん

こぞの秋を思ひいでつゝながむれば猶（なお）袖ぬらす夕暮の雨

戊辰戦死者二十三回忌に

今も猶たふ心は変らねどはたとせあまり世は過にけり
なき跡を慕ふその世は隔たれど猶目の前の心地こそすれ

白虎隊の殉難を弔ふ

幾人の涙は石に灑ぐとも其名はよゝに朽ちしとぞ思ふ

松平定敬（桑名藩主・京都所司代・会津藩主松平容保は実兄）

鐘の音は遠く霞に埋もれて寝冷め淋しき春の曙

神保修理（会津藩士・容保側近・三十歳）

帰り来ん時よと親の思ふころ果敢なきたより聞くべかりけり

森陳明（桑名藩士・四十四歳）

なかなかに惜しき命にありながら君のためにはなに厭ふべき

芹沢　鴨（水戸・新選組初代局長・三十八歳）

雪霜に色よく花のさきがけて散りても後に匂ふ梅の香

近藤勇（武蔵・新選組局長・三十五歳）

事あらばわれも都の村人となりてやすめむ皇御心（すめらみこころ）

土方歳三（武蔵・新選組・三十五歳）

よしや身は蝦夷（えぞ）が島辺（しまべ）に朽ちぬとも魂（たま）は東（あずま）の君や守らむ

たとひ身は蝦夷の島根に朽ちるとも魂は東の君や守らむ

永倉新八（松前・新選組）

武士（もののふ）の節（せつ）を尽して厭（あ）くまでも貫く竹の心一筋

かねてより親の教への時は来てけふの門出ぞ我は嬉しき

津川喜代美（会津・白虎隊・十六歳）

過ぎし世は夢かうつつか白雲の空に浮かべる心地こそすれ

飯沼貞吉（会津・白虎隊）

飯盛山での自刃した白虎隊士の生き残り（昭和二年歿）

重き君軽き命と知れや知れおその媼（おうな）のうへは思はで

西郷なほ子（会津・飯沼貞吉母方祖母）

あずさ弓むかふ矢先はしげくともひきなかへしそ武士の道

飯沼ふみ（飯沼貞吉母）

なよ竹の風にまかする身ながらもたわまぬ節（ふし）はありとこそきけ

西郷千重子（会津藩家老西郷頼母の妻・三十五歳）

死にかへり幾度世には生まるともますら武夫となりなんものを

西郷眉寿子（会津・西郷頼母の長女・二十六歳）

武士の道と聞きしをたよりにて思ひ立ちぬる黄泉の旅かな

西郷由布子（会津・西郷頼母の次女・二十三歳）

手を取りて共に行きなば迷はじよいざたどらまし死出の山道

西郷瀑布子（四女・十三歳）・細布子（三女・十六歳）

武士の猛き心にくらぶれば数にも入らぬ我が身ながらも

中野竹子（会津・衝鋒隊・二十二歳）

明日の夜はいづこの誰かながむらんなれしお城にのこす月かげ

山本八重子（後の新島八重　会津・鶴ヶ城籠城戦）

榎本武揚（海軍副総裁・函館政府総裁）

青森を立ち出でる時よめる（降伏後、函館から青森経由で東京に護送）

我身をば何いとふべき誓ひてし人の命の惜しと思へば

大鳥圭介（歩兵奉行・函館政府陸軍奉行）

函館の獄にある友を思ひて

函館の峰のあらしやさむからめ都も今朝は吹雪ちるなり

林忠崇（請西藩主）

真心のあるかなきかは屠（ほふ）り出す腹の血潮の色にこそ知れ

伊庭八郎（遊撃隊・函館戦争にて戦死・二十七歳）

あめの日はいとどこひしく思ひけり我よき友はいづこなるらめ

中島三郎助（軍艦役・浦賀奉行与力・函館千代ヶ岡台場守将・四十九歳）

うつせみのかりのころもをぬぎすてゝ名をやのこさむ千代ケ岡べに

「千代ヶ岡」は函館戦争で守備をした千代ヶ岡陣屋

われもまた花のもとにとおもひしに若葉のかげにきゆる命か

第三章の和歌の出典文献一覧

『修補　殉難録稿』（宮内省蔵版・明治四十二年十二月）／藤田徳太郎『志士詩文集』（「歎涕和歌集」（初編・二編・三編・四編）「殉難全集」（殉難前草・殉難後草・殉難遺草・殉難續草・殉難拾遺）／『明治維新詩文集』／不二歌道会編『和歌・漢詩　明治維新百人一首』／小田村寅二郎『日本思想の系譜』（中巻・その二）／田中卓編『維新の歌』／浅野晃・竹下數馬編『尊皇歌人撰集　勤王烈士篇』／大日本明道会『勤王文庫』（第五巻詩歌編）／川田順『幕末愛国歌』／西内雅『國魂　愛国百人一首の解説』／近代浪漫派文庫①『維新草莽詩文集』／島政大『幕末歌集』／菊地明『幕末百人一首』／渡部昇一『日本史百人一首』／『久坂玄瑞全集』『真木和泉守遺文』『武市瑞山獄中書簡』／『西郷隆盛全集』第四巻／『大久保利通文書』第九巻／『大久保利通日記』（上・下巻）／『横井小楠遺稿』／『小松帯刀日記』（鹿児島県史料）／『島津久光公實記』一／『鹿児島県史料　斉彬公史料』（全四巻）／『山縣公遺稿・こしのやまかぜ』／『河上彦斎和歌抄』／『会津会報』十六号（会津会）／『岩瀬忠震』／『白虎隊士飯沼貞吉の回生　第二版』／『河井継之助の生涯』／『会津若松市史研究　第四号』（会津若松市）／岩山清子・和子『西郷さんを語る―義妹・岩山トクの回想』

あとがき

明成社の人に宛てた今年の年賀状に、「明治維新百五十年にあたり『新編　維新の歌』の様な書籍を出しませんか。」と記したのが契機となり、本書の出版を明成社で決定して下さった。提案に応えて戴いたからには、私自身が編集の責任を引き受ける事とした。二月の初めに最初の編集の打合せを行い、八か月で形ある書籍を誕生させる事が出来て感無量である。

私と、幕末志士の和歌との出会いは、四十四年前に遡る。大学二年の秋に、立派な人間に自らを磨きあげて行こうとの志を立て、人生の軌範となる言葉や人物の探求を独学で開始した。武士道を学び、論語や孟子、更には陽明学との出会いがあった。又、明治維新の志士達に魅かれて、最初に繙いたのが山岡荘八『吉田松陰』だった。感動して二日程で一気に読み終えた。その中に、下田踏海後の松陰の二首の和歌「世の人はよしあしごともいはばいへ賤が誠は神ぞ知るらん」「かくすればかくなるものと知りながら已むに已まれぬ大和魂」が記されていた。松陰の真情がそのまま表されている和歌の言葉に、それ迄、和歌とは言葉遊びで面倒臭い物との固定観念がガラガラと崩れて行った。翌年春に明治維新や日本文化について真摯に学ぶ大学サークルの日本文化研究会が発会したので、早速入会した。会では、文化の根本要素は言葉であり、日本文化の特殊性は日本語によって形づくられている事。特に大和言葉の表現である和歌を学ぶことは日本人なら当然行なうべき事などを教えられた。夏には国民文化研究会の合宿教室にも参加して和歌創作や相互批評を体験した。それから和歌の鑑賞と和歌創作とを自己修養の柱として、四十年余の人生を歩んできた。その様な生き方を先人達は「しきしまの道」と呼んで来た。

爾来、私の人生を導く二つの和歌の世界が生まれた。一つは天皇様の和歌＝御製の拝誦である。無私の大御心を歌い上げたその境地には全く及ばないが、明治天皇や昭和天皇・今上天皇の御歌を声高らかに拝誦する事によって自己の小さな世界が解き放たれて、広々とした心が甦って来る。もう一つが、志に生死をかけた人々の和歌の拝誦である。その中でも、幕末志士の和歌は限りない勇気を与え、正々堂々と真直ぐに生きて行く事を教え導いてくれる。その当時出版された『維新の歌』は私にとって人生のバイブルともいうべき書物となった。更に、この本を契機として、平野国臣の和歌を愛唱し、更には『佐久良東雄歌集』とも出会った。私は手帳に常に二枚の紙を挟んでいる。一枚には『維新の歌』から十八人百九首、もう一枚には『佐久良東雄歌集』から九十八首を選んで両面に印刷している。これらの歌が私の目指す生き方そのものなのである。

私達の年代（六十代）の者達は青年期に『維新の歌』が出版されており、それを愛読し、志士達の和歌を自らの人生の指針にする事が出来た。しかし時が経って『維新の歌』は絶版となり、手に入れる事が難しくなった。私は、大学を出て日本青年協議会の専従職員となってから四十年近く、大学生や青年の研修を担当している。その間に、幾度も『維新の歌』が再版できないだろうかとの感慨を抱いた事がある。学生や青年達の生き方に一本の芯を確立する為にも幕末志士達の魂が凝縮された『維新の歌』を是非学んで欲しいと思ったからである。その長年の思いが冒頭の年賀状での表白となったのだった。そして、多くの人々の賛同と激励と協力を得て、ここに独自に『維新のこころ』を誕生させるに至ったのである。

『維新のこころ』で紹介した和歌の総数は一六五一首を数える。それでも歴史の中の僅かな史料に過ぎない。だが、和歌は「力をも入れずして天地を動かし、目に見えぬ鬼神をもあはれと思はせ、男女のなかをもやはらげ、猛きもののふの心をもなぐさむる」(『古今和歌集』仮名序)力を有している。これらの和歌の中から是非自らの人生を導く歌を見出し、声に出して拝誦し、暗記し魂に刻みつけて欲しい。その積み重ねの中から、日本人本来の力は必ず甦って来ると確信している。この和歌集によって、これからの日本を担う、明るく清く、雄々しくも優しい、日本人らしい日本人が陸続と生れて来るならば編者にとってそれ以上の喜びは無い。

五十年を過ぎて維新の歌々を再び世に問ふ書物生まるる
国を憂ひ家を思ひて日の本の明日に捧げし貴き生命よ
魂の叫び高らに詠みあげて歌となりたる維新の志士の
遺されし言霊永久に轟きて日の本守る力生み行く
国護る高き志の若きらに贈り遺さんこの魂の書を

最後に、編集に協力戴いた大島啓子氏、佐瀬竜哉氏、井坂信義氏、金谷美保氏、そして、発刊を決定して完成までサポートしてくれた明成社の大橋岳彦編集長に心から感謝の意を表したい。

【編者略歴】 多久善郎 たく よしお
昭和29年（1954）、熊本市生まれ。熊本県合志市在住。

熊本県立済々黌高校、九州大学を経て日本青年協議会本部職員となる。

昭和59年、第2回東京青年弁論大会（日本防衛研究会主催）で最優秀賞受賞。

日本の歴史と文化を守る国民運動に参画し、日本を守る国民会議では全国遊説隊長を務め、日本会議では全国の組織・運動の指導に当っている。この間、四十年余に亘り大学生及び青少年の研修講師として後進を育てて来た。

現在、日本協議会理事長、（一社）富士宮研修センター所長、他幾つもの要職に就いている。学生時代より明治維新・日本近代史・比較文化を研究すると共に、歴代天皇御製と先人の和歌を学び続け、和歌創作指導も行っている。武士道と陽明学を人生哲学とし、武道の修練も欠かさない。更に数年前から漢詩創作にも挑戦している。著書に『永遠の武士道　語り伝えたい日本人の生き方』（明成社）『先哲に学ぶ行動哲学　知行合一を実践した日本人』（日本協議会）がある。

ブログ http://blog.goo.ne.jp/takuyoshio

維新（いしん）のこころ
――孝明天皇（こうめいてんのう）と志士（しし）たちの歌（うた）

平成三十年十一月三日　初版第一刷発行

編　者　多久善郎
発行者　西澤和明
発　行　株式会社明成社
〒一五四―〇〇〇一
東京都世田谷区池尻三―二一―二九―三〇二
電話　〇三（三四一二）二八七一
FAX〇三（五四三一）〇七五九
https://www.meiseisha.com
印刷所　モリモト印刷株式会社

ISBN978-4-905410-53-9 C0092